GERHART HAUPTMANN

Pauvre Fille

« Rose Bernd »

PIÈCE EN 5 ACTES

Traduite de l'allemand, par

JEAN THOREL

PARIS
LIBRAIRIE MOLIÈRE
17, RUE DE RICHELIEU, 17

1905

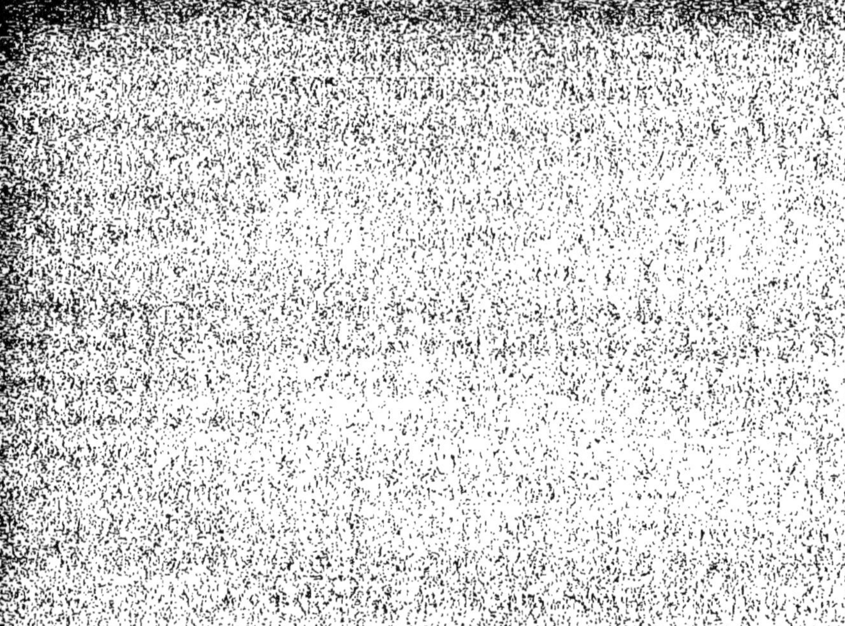

PAUVRE FILLE

« Rose Bernd »

PIÈCE EN CINQ ACTES

NOTE DU TRADUCTEUR

—

Rose Bernd a été jouée pour la première fois à Berlin, au Deutsches-Theater, le 31 octobre 1903, et a été publiée à la même date, en dialecte silésien, chez l'éditeur S. Fischer, à Berlin. — L'édition française que voici en est une traduction quasi-textuelle. Cependant, comme elle est principalement destinée aux théâtres, on a omis ici toutes les parties du texte qui déjà, sur les indications de l'auteur, avaient été omises aux représentations données sur les théâtres allemands.

Pour les mêmes raisons « théâtrales », on publie ici en appendice une variante du cinquième acte, tel qu'il a été représenté à Paris sur le théâtre de la Porte-Saint-Martin. L'examen des deux textes laissera suffisamment comprendre pourquoi, à tort ou à raison, on a cru là nécessaires quelques modifications pour le grand public. Il importe seulement de faire remarquer que l'auteur allemand ne doit nullement être rendu responsable de ces modifications.

Ajoutons que, pour répondre à un désir exprimé de tous côtés, de voir faciliter la lecture de la pièce, on n'a pas figuré ici typographiquement les abréviations, contractions, élisions, etc., qui sont d'usage courant dans la conversation. Mais les interprètes, et surtout ceux qui sont chargés des rôles de paysans, devront avoir soin de restituer ces formes du langage familier.

GERHART HAUPTMANN

—

Pauvre Fille

« Rose Bernd »

PIÈCE EN 5 ACTES

Traduite de l'allemand, par

JEAN THOREL

*Représentée pour la première fois à Paris
sur le Théâtre de la Porte Saint-Martin,
le 20 avril 1905*

PARIS

LIBRAIRIE MOLIÈRE

17, RUE DE RICHELIEU, 17

—

1905

PERSONNAGES

—

BERND............................	MM.	Léon Noël.
GOTTLIEB FLAMM..................		Dulac.
AUGUSTE KEIL....................		Maxence.
ARTHUR STRECKMANN..............		Valney-Charlet.
HAHN.............. ⎫		Aumont.
HEINZEL........... ⎪		L. Raoul.
LE VIEUX FRITSCH... ⎬ Moissonneurs.		Denerty.
LE VIEUX KLEINERT. ⎭		Cambey.
UN GENDARME....................		Dastiéry.
ROSE BERND.....................	Mmes	Barat.
Mme FLAMM......................		Malvau.
MARTHE.........................		Bérangère.
LA VIEILLE FRITSCH.............		Villac.
LA GRANDE......................		Brenneville.
LA PETITE......................		R. Valiers.
MINNA..........................		Rapp.

—

En Silésie. — De nos jours.

PAUVRE FILLE

PIÈCE EN CINQ ACTES

ACTE PREMIER

Un coin de prairie fertile, par une chaude matinée de mai. En biais, de gauche à droite, puis du centre vers le premier plan, un chemin de traverse. Les champs qui sont à droite surplombent un peu ce chemin. Tout au premier plan, un champ de pommes de terre qui commencent à lever. Un petit fossé, gazonné et fleuri, sépare du champ le chemin. A gauche, sur un talus qui est à peu près à hauteur d'homme, un vieux cerisier. A droite, buissons de noisetiers et d'aubépines. Derrière le chemin, à peu près parallèlement, mais à une certaine distance, le cours d'un ruisseau est indiqué par des aunes et des saules. Çà et là, dans la plaine, des groupes de vieux arbres, qui donnent au paysage comme un vague aspect de parc. A gauche, à l'arrière-plan, entre les buissons et les cimes des arbres, s'aperçoivent les toits et le clocher de la paroisse. A droite, en bordure du chemin, un calvaire. C'est dimanche.

Rose Bernd, une belle et robuste paysanne de vingt-deux ans, arrive, surexcitée, les joues rouges, de derrière les buissons de gauche. Après avoir épié craintivement de tous côtés, elle vient s'asseoir au talus. Elle est nu-pieds, la jupe retroussée, les bras et le cou nus. Une de ses nattes blondes est défaite. Elle la refait vivement.

Très peu après, un homme se glisse à son tour hors des buissons. C'est le propriétaire Flamm. Il donne l'impression d'un être quelque peu timide et farouche, mais en même temps bon vivant. C'est un bel homme de près de quarante ans. Costume de sport, sans recherches d'élégance : les souliers lacés, les bas de chasse, la gourde à la courroie. En résumé, Flamm apparaît comme un être tout à fait sympathique, un solide gaillard, encore jeune et plein de la joie de vivre. Il s'assied à une certaine distance de Rose, sur le talus. Ils se regardent d'abord sans sourciller; puis tous deux éclatent de rire, d'un rire qui n'en finit pas. Enfin, Flamm se met à chanter, élevant la voix peu à peu, battant la mesure, de plus en plus gai et fier.

FLAMM, *chantant*.

« Allons, chasseur, vite en campagne !
Par les étangs, les prés, les bois. »

ROSE, *effrayée*.

Oh ! non, non, monsieur Flamm !

FLAMM, *hardiment*.

Chante avec moi.

ROSE

Je ne sais pas chanter.

FLAMM

Allons donc ! Je t'ai entendue assez souvent dans la cour. (*Chantant*).

« Le chasseur voit la gente fille... »

ROSE

Mais non, monsieur Flamm, je vous jure que je ne connais pas cette chanson-là.

FLAMM

Et puis, ne m'appelle pas toujours : monsieur. Allons :
(*Chantant*.)

« Viens près de moi, tout près, fillette. »

ROSE, *craintivement*.

Oh ! monsieur Flamm, l'office va être fini.

FLAMM

Eh bien ?

ROSE

Les gens vont sortir de l'église.

FLAMM

Qu'ils sortent, s'ils veulent ! (*Il se lève, et du creux du cerisier qui est à gauche, il prend son fusil et se le passe en bandoulière.*) Là ! Ça y est. Maintenant, ils peuvent venir, je ne les en empêche pas. (*Il rectifie la position de sa coiffure à plume de coq, prend une courte pipe dans sa poche et se la met à la bouche.*) Regarde donc : des cerises grosses comme des oranges ! (*Il en jette une poignée à Rose, et, chaleureusement.*) Ah ! Rosine, comme je voudrais que tu sois ma femme !

ROSE

Jésus ! Mon Dieu !

FLAMM

Je te le jure.

ROSE, *se défendant avec anxiété.*

Oh ! non, non !

FLAMM

Rosine ! Laisse-moi donc prendre ta bonne main de brave et bonne fille. (*Il la prend, et s'assied près d'elle.*) Vois-tu, Rosine, je suis un drôle de bonhomme. J'aime bien ma femme, parbleu, je l'aime beaucoup...

ROSE, *se cachant la figure derrière le bras.*

Je voudrais être à cent pieds sous terre.

FLAMM

Oui, je l'aime bien, je te disais... Mais enfin, cette histoire-là... (*avec quelque impatience*) ça ne la regarde pas.

ROSE, *riant malgré elle.*

Ah ! non, non, monsieur Flamm, vous en avez des idées !

FLAMM, *l'admirant du fond du cœur.*

Quel beau brin de fille tu fais, ma petite Rosine! Oui, quelle belle fille!... Vois-tu, ma femme... Ce n'est pas commode à raconter, toute notre histoire à ma femme et à moi... Voilà près de dix ans qu'elle est toujours malade, dans son lit, ou sur sa chaise roulante... Alors, qu'est-ce que tu veux, ce qui est arrivé, ce n'est pas de ma faute! (*Il lui prend la tête, et l'embrasse goulûment.*)

ROSE, *effrayée.*

Les gens de l'église!

FLAMM

Allons donc! Personne!... Qu'est-ce que tu as aujourd'hui à me parler tout le temps des gens de l'église?

ROSE

C'est que... Auguste aussi est à l'église.

FLAMM

Tous les sournois y vont. Où est-ce qu'ils iraient? Voyons, il n'est pas encore onze heures et demie. Et puis on sonne la fin de l'office : on sera prévenu. Quant à ma femme, tu n'as pas besoin d'avoir peur.

ROSE

Ah! Gottlieb, si jamais elle apprend ce qui s'est passé, j'aimerais autant être morte.

FLAMM

Mais tu ne la connais pas. Evidemment, elle est maligne, elle voit à travers les murs. Ça ne l'empêche pas d'être bonne comme du bon pain. Et si un beau jour elle se doutait de quelque chose, elle ne nous tuerait pas pour ça.

ROSE

Oh! non, rien que d'y penser, monsieur Flamm!

FLAMM, *avec quelque emportement.*

Qu'est-ce que tu veux que j'y fasse?... Et puis, voyons,

quoi, Rosine, qu'est-ce qu'il y a?... Tu sais bien qu'entre nous c'est sérieux. Pour le reste, j'en fais mon affaire.

ROSE

Vous êtes si bon pour moi, monsieur Gottlieb. (*Des larmes dans les yeux, elle lui baise passionnément les mains.*) Mais...

FLAMM, *un peu troublé.*

Je suis bon! C'est tout ce que tu trouves? Que le diable m'emporte : tu n'en dis pas assez. Si j'étais libre, je t'épouserais. Vois-tu, moi, j'ai manqué ma vie. Ce n'est pas la peine de revenir sur le passé, mais tout de même qui sait ce que j'aurais pu être? Inspecteur des eaux et forêts! Seulement, voilà, quand mon père est mort, il m'a fallu revenir dare-dare à la maison, renoncer à ma carrière. Et puis, après tout, c'est peut-être aussi bien comme ça. Je ne suis pas un rêveur, ni un ambitieux. Le monde qui m'entoure, je le trouve encore trop cultivé pour moi. Ce qu'il me faut? un fortin, un fusil. Et s'il passe un sanglier, un bon coup de fusil dans les fesses...

ROSE

Mais ça ne pourra pas durer, monsieur Flamm. Il faut bien que ça finisse.

FLAMM, *à soi-même.*

Ah! saprebleu, non, pas encore! (*A Rose.*) Il ne peut pas attendre, ton bigot de fiancé? Si j'étais à ta place, ce que je l'enverrais promener!

ROSE

Il y a déjà si longtemps que je le remets. Plus de deux ans. Maintenant, il me presse. Il ne veut plus attendre. Et, en effet, il faut bien que ça finisse.

FLAMM, *colère.*

Je te dis que vous êtes tous absurdes. Jusqu'ici tu t'es tuée à la peine pour ton père : tu n'as pas l'ombre d'une

idée de ce que c'est que la vie. Et tu vas recommencer pour
ton méchant petit relieur? C'est honteux, je te dis, d'ex-
ploiter quelqu'un comme on t'exploite. Et tu es toujours
libre de t'y refuser.

ROSE

Non, Gottlieb...

FLAMM, *protestant.*

Pardon...

ROSE, *vivement.*

Oui, vous dites ça, monsieur Flamm; mais si vous étiez
à ma place, vous auriez un autre avis. Il n'y a que moi
qui sais combien papa est courageux. Le propriétaire nous
a donné congé de la petite maison dont on sous-louait les
chambres...

FLAMM

Pourquoi?

ROSE

Il paraît qu'il l'a louée à un marchand de bœufs. Alors,
maintenant — ça a toujours été son idée à papa — il
voudrait organiser quelque chose avec Auguste...

FLAMM

Qu'il l'épouse donc lui-même, s'il en est si entiché!
C'est vrai, il est tout le temps à l'écouter la bouche ouverte, à boire ses paroles...

ROSE

Vous n'êtes pas juste, monsieur Flamm...

FLAMM

Ça, c'est vrai : je ne peux pas le sentir, ton Auguste,
avec sa figure en livre de messe. Quand je le vois — Dieu
me pardonne — je me serre les poings de rage. Pourquoi
est-ce que je ne te dirais pas la vérité? Possible qu'il ait
ses mérites. Il a mis quelques groschen de côté? Ce n'est
pas une raison pour aller te fourrer dans son pot à colle.

ROSE

Non, Gottlieb, ne dites pas ça. Vrai, je ne peux pas accepter que vous parliez comme ça... Auguste aussi s'est donné du mal... Il a été si malheureux, et si malade! Rien que d'y penser, je vous jure, ça fait de la peine.

FLAMM

Ah! vous autres, femmes, vous êtes impossibles. On ne peut pas vous comprendre. On a devant soi une fille raisonnable et décidée. Puis tout à coup arrive un moment de la discussion où on est tout étonné de la trouver devenue stupide. Bête comme une oie, quand il se met à tonner! « Ça fait de la peine », dis-tu. Alors, si c'est par pitié que tu l'acceptes, va-t'en plutôt épouser un prisonnier : ceux-là aussi sont malheureux! C'est de l'aveuglement. Tu as des devoirs envers ton père, je veux bien. Mais à Auguste vous ne lui devez rien. Il a été élevé à l'orphelinat, ça ne l'a pas empêché de faire son chemin. Si tu ne veux pas de lui, il trouvera une autre femme. Sois tranquille, ses frères en Dieu sauront lui en trouver une.

ROSE, *avec décision.*

Non... Il faut en prendre son parti, monsieur Flamm... Ce qui s'est passé, je ne le regrette pas, quoique dans moi j'en ai beaucoup souffert. Enfin, tant pis, puisqu'on ne peut plus rien y changer. Seulement, il faut que ça ait une fin. Il n'y a pas moyen que ça continue.

FLAMM

Il n'y a pas moyen? Qu'est-ce que tu veux dire?

ROSE

Ce n'est pas de ma faute. Je ne peux pas toujours traîner les choses. D'abord le père n'y consentirait plus. Et en somme il a raison. Ah! Dieu, Sainte Vierge! Ce n'est pas que ça me soit facile. J'en ai — je ne sais pas comment ils appellent ça, les médecins — (*les deux mains sur sa poitrine*) des... des contractions au cœur. Et depuis longtemps. Ça me fait mal, Il n'y a pas moyen : il faut que ça change.

FLAMM

Allons, je vois que pour l'instant il n'y a rien à dire... Et puis il est temps que je rentre à la maison. (*Il se lève et fait passer son fusil par-dessus son épaule.*) Adieu, Rosine. (*Rose regarde devant elle sans répondre.*) Eh bien?... Au revoir ! (*Rose secoue la tête pour dire non.*) Non? Je ne t'ai pas offensée, Rosine ?

ROSE

Au revoir, je veux bien,... mais plus jamais comme jusqu'à maintenant, monsieur Flamm.

FLAMM, *emporté d'amour.*

Plus jamais? Mais j'en perdrais la tête, ma petite Rosine. (*Il la prend dans ses bras et l'embrasse passionnément.*)

ROSE, *après quelques instants,*
horriblement effrayée.

Seigneur Dieu, monsieur Flamm! Il vient quelqu'un.

[Flamm, troublé, se relève vivement, et disparaît derrière le buisson. Rose s'est relevée vivement, elle aussi, et rajuste ses cheveux et ses vêtements. Elle regarde avec inquiétude de tous côtés, ne voit personne, et prend alors la binette pour travailler au plant de pommes de terre. — Un instant après, et sans que Rose le voie, arrive le mécanicien Arthur Streckmann, en habits des dimanches. C'est un bellâtre, grand, aux larges épaules, très infatué de sa personne. Il a une longue barbe blonde, qui lui tombe jusque sur la poitrine. Sa tenue est irréprochable, depuis le petit chapeau de forestier qu'il porte en arrière, jusqu'à ses bottes qui reluisent comme un miroir. Gilet brodé. Streckmann est visiblement très conscient de son genre de beauté.]

STRECKMANN, *jouant de son bel «organe».*

Bonjour, Rosine.

ROSE, *se retourne effrayée.*

Bonjour, Streckmann. (*Inquiète*). D'où viens-tu donc ?
De l'église?

STRECKMANN

Je me suis en allé avant la fin.

ROSE, *travaillant.*

Pourquoi ça ? Tu ne peux pas supporter le sermon?

STRECKMANN, *très dégagé.*

Il fait si beau dehors! J'y ai laissé ma femme, à l'église.
Chacun son goût.

ROSE

Moi aussi, j'aimerais mieux être à l'église.

STRECKMANN

C'est la place des femmes.

ROSE

Comme si tu n'avais pas de péchés sur la conscience!
Tu pourrais bien un peu en demander pardon.

STRECKMANN

Oh ! moi, je suis bien avec le bon Dieu. Il ne se fait pas
de bile pour mes péchés.

ROSE

Oui-dà !

STRECKMANN

Je t'assure : il ne s'occupe pas de moi.

ROSE

Tu t'en crois. (*Streckmann a un gros rire affecté.*)
Tu viens faire l'homme qui n'a rien à se reprocher ; et,
une fois chez toi, tu donnes des volées à ta femme.

STRECKMANN, *l'œil allumé.*

Eh bien, oui, mais tout juste! C'est ce qu'il faut. Avec
les femmes, faut montrer qu'on est le maître.

ROSE

Tu te crois toujours le plus malin.

STRECKMANN

Mais parfaitement. Et ce n'est que justice. Je suis toujours arrivé à ce que je voulais. (*Rose a un rire forcé.*) On dit que tu veux t'en aller de chez Flamm.

ROSE

D'abord je n'ai jamais été chez lui en service. Tu sais que j'ai autre chose à faire.

STRECKMANN

Tu n'as pas été hier, chez lui, donner un coup de main ?

ROSE

Ça me regarde. Que j'aille aider au service chez Flamm, ou que je n'y aille pas, — mêlez-vous de vos affaires.

STRECKMANN

Attrape !... C'est vrai que ton père va déménager ?

ROSE

Pour aller où ?

STRECKMANN

Avec Auguste, dans la maison Lachmann.

ROSE

D'abord Auguste ne l'a pas encore achetée. Ou alors les gens en savent plus que moi.

STRECKMANN

On dit aussi que vous allez bientôt vous marier.

ROSE

Oh ! qu'on dise tout ce qu'on voudra ! (*Un silence.*)

STRECKMANN, *s'approche et solidement planté sur ses jambes.*

Tu as raison, vois-tu, de ne pas te marier. Il sera toujours temps. Une belle fille comme toi ne sera jamais embarrassée de trouver un homme. Il faut d'abord se donner de l'agrément. Aussi, j'y ai ri au nez, quand il m'a dit que tu voulais passer devant monsieur le bourgmestre. Il n'y aura personne pour le croire.

ROSE, *vivement.*

Qui est-ce qui t'a parlé de ça?

STRECKMANN

Auguste Keil.

ROSE

Auguste?... Avec sa manie de bavarder, il ferait pendre les gens. (*Un silence.*)

STRECKMANN

Toi, tu épouserais un avorton?

ROSE

En voilà assez! Laissez-moi tranquille. Vos discussions ne me regardent pas. L'un ne vaut pas mieux que l'autre.

STRECKMANN

Ça dépend. Pour ce qui est de la force, on ne se ressemble pas.

ROSE

Oui, on le connaît, ton genre de courage. Il n'y a qu'à demander aux femmes. Pour sûr qu'Auguste n'est pas insolent comme toi.

STRECKMANN, *riant et plastronnant.*

C'est justement ce que je dis.

ROSE

Il n'y a pas de quoi se vanter.

STRECKMANN, *avec un regard aigu sous les cils baissés.*

Avec moi, les familiarités, ça se paie. Et quand je veux quelque chose d'une femme,... il faut que ça arrive.

ROSE, *sarcastique.*

Vraiment!

STRECKMANN

Mais oui. Qu'est-ce que tu veux parier? Tu m'as quelquefois reluqué, Rosine... (*Il s'est approché d'elle, et veut la prendre par la taille.*)

ROSE

En voilà une idée! Ce n'est pas vrai... Et ne me touche pas.

STRECKMANN

Il faut bien.

ROSE, *le repoussant.*

Streckmann!... je te le répète : je ne veux rien avoir à faire avec les hommes. Passe ton chemin.

STRECKMANN

Qu'est-ce que je t'ai fait?... (*Après un silence, et avec un rire moitié méchant, moitié embarrassé.*) Patience! tu ne me parleras pas toujours comme ça. Tu seras forcée de changer de ton avec moi. Tu as beau faire ta sainte-nitouche!... Tiens, quand le diable y serait, il n'y a pas à dire : voilà un arbre, un cerisier — on voit ce qu'on voit. — Si ton père et Auguste le voyaient, ce cerisier-là, ils seraient forcés de convenir qu'il y a un creux. Et dans ce creux-là, il y a eu un fusil. (*Rose, tout en travaillant, a écouté avec une attention de plus en plus grande. Elle devient toute pâle.*)

ROSE, *balbutiant, malgré elle.*

Qu'est-ce que tu dis?

STRECKMANN

Rien... je ne dis rien de plus que ça... Mais quand on pense qu'ils ne se doutent de rien, qu'ils n'en ont pas encore la moindre idée, — de se dire qu'ils l'apprendraient, ça peut donner la chair de poule. (*Rose, effrayée, incapable de se contenir, se précipite sur lui.*)

ROSE, *le regard droit sur lui.*

Qu'est-ce que tu dis?

STRECKMANN, *soutenant son regard.*

Je dis que ça peut donner la chair de poule.

ROSE

A qui?

STRECKMANN

Tu le sais aussi bien que moi. (*Rose ferme les poings, prête à se jeter sur lui, dans un emportement de rage, de haine, d'anxiété. Mais bientôt, consciente de son impuissance, elle laisse retomber ses bras, et c'est à peine si elle peut balbutier.*)

ROSE

Je saurai bien me faire rendre raison. (*Le bras droit devant les yeux en pleurs, et levant son tablier de la main gauche pour les essuyer, elle s'en retourne, sanglotante et brisée, à son travail. Streckmann la suit des yeux, toujours avec la même expression de décision froide et méchante. Puis bientôt il sourit, involontairement.*)

STRECKMANN, *après le silence.*

Ne te fais donc pas de misères. Pour qui me prends-tu? Quoi? C'est comme ça. Ça ne fait de mal à personne. A moi, on ne m'en fait pas accroire, c'est vrai. Mais ça ne me gêne pas. J'ai plutôt un faible pour les chères petites femmes qui s'y entendent si bien à jouer de bons tours... Et puis, il y a longtemps que je le savais.

ROSE, *hors d'elle.*

Streckmann!... Va-t en. Laisse-moi. Ou je sais ce qu'il me reste à faire... Je... je ne peux plus... Tu auras un malheur sur la conscience. (*Streckmann, assis sur la lisière du champ, se frappe les genoux du plat des mains.*)

STRECKMANN

Ah! non, non! Jamais de la vie. (*Sarcastique.*) Tu voudrais donc qu'après je m'en aille raconter ton histoire? faire éplucher tes petites manières par tout le village?... Et puis, non, je ne m'y laisse pas attraper.

ROSE

Si. J'irai me pendre dans le grenier. Marie Schubert aussi s'est pendue.

STRECKMANN

Celle-là, c'était autre chose. C'était plus grave. D'ailleurs, il n'y avait rien eu entre elle et moi. En voilà des idées! S'en aller se pendre! Alors, il ne resterait plus une seule femme sur la terre. Et pourquoi? Parce que par hasard on a vu ce qu'on a vu...

ROSE, *faisant un nouvel assaut désespéré.*

Tu mens : tu n'as rien vu.

STRECKMANN

Quoi : j'ai rien vu! J'ai rêvé? Ce n'était pas Flamm, le bourgmestre? Je n'ai encore rien bu aujourd'hui. Et il ne te passait pas la main dans les cheveux? (*Avec un gros rire.*) Vous ne vous êtes pas cachés derrière les haies?

ROSE

Streckmann! Je vais te fendre la tête.

STRECKMANN, *continue à rire.*

Allons donc! Pourquoi? Je ne te reproche rien. Le premier qui vient à la fontaine, c'est celui-là qui boit le premier.

ROSE, *sans force, pleure, gémit, tout en travaillant convulsivement.*

Est-il possible d'inventer des choses comme ça!

STRECKMANN, *brutal et rageur.*

C'est toi qui inventes. Je n'invente rien.

ROSE, *avec des cris et des pleurs.*

On s'est toujours bien tenue, et il faut entendre de ces horreurs-là ! J'ai élevé mes frères et sœurs. A trois heures du matin, tous les jours, je suis debout, à l'ouvrage. Quand il n'y avait pas à manger pour toute la maison, c'est moi qui m'en passais. Tout le monde le sait dans le village, même les enfants....

STRECKMANN

Ce n'est pas une raison pour crier comme ça... Voilà que la sonnerie commence, et qu'on sort de l'église.

ROSE, *regardant au loin, avec anxiété.*

Oui. Ce n'est pas Auguste qui vient par là ?

STRECKMANN, *regarde aussi dans la direction du village.*

Où donc?... Ah ! oui... Ils sont ensemble, avec ton père. Ils tournent le jardin du pasteur... Eh bien? Tu voudrais que je m'en aille? Je n'ai pas peur de deux piliers d'église.

ROSE, *avec une anxiété croissante.*

Streckmann, écoute ! Je me suis mis douze thálers de côté.

STRECKMANN

Allons donc, Rosette, tu en as bien plus que ça.

ROSE

C'est bon. Tout ce que j'ai, ça sera pour toi, je te le promets, jusqu'au dernier pfennig. Je te l'apporterai. Seulement, aie pitié de moi. (*Suppliante, elle cherche à lui saisir les mains, qu'il retire.*)

STRECKMANN

Je ne veux pas d'argent.

ROSE

Streckmann, je t'en supplie.

STRECKMANN

Je voudrais seulement savoir si tu finiras par entendre raison.

ROSE

Que personne dans le village ne se doute de rien !

STRECKMANN

Ça dépend de toi. Personne n'a rien à y voir. Tu n'as qu'à être raisonnable, personne ne saura rien... Eh bien?... (*Passionnément.*) Je suis fou de toi, tu le sais.

ROSE

Je me demande de quelle femme tu n'es pas fou.

STRECKMANN

Il n'y a rien à faire à ça. Nous autres mécaniciens, quand on arrive dans un pays avec sa machine à battre, il n'y a pas besoin de se mettre en quatre pour faire des conquêtes. Et je sais ce que je vaux. Ce qui n'empêche pas que pour toi je me suis rongé. Combien? Le diable pourrait le dire. Avant que je t'aie pincée avec Flamm, — je ne parle pas d'Auguste, — je t'avais déjà reluquée. Maintenant qu'il arrive ce qui voudra : ce n'est plus le moment de rire.

ROSE

Qu'est-ce que tu veux ?

STRECKMANN

Tu ne seras pas longue à le savoir. (*Par le sentier arrive, en sautant, Marthe, la cadette de Rose, proprement vêtue de sa robe des dimanches. C'est encore une enfant en robe courte.*)

MARTHE, *appelant.*

Rose!... C'est toi?... Qu'est-ce que tu fais ici?

ROSE

Il faut que j'achève de butter les pommes de terre. C'était hier samedi, et vous ne les avez pas finies.

MARTHE

Eh bien! tu sais, si papa te voyait! Un dimanche!

STRECKMANN

En supposant qu'il se fâche, il ne te cassera pas la tête.
On le connaît, le vieux Bernd.

MARTHE

Qui est-ce, Rosine?

ROSE, *agacée.*

Ah! ne me questionne pas.

[Venant de la paroisse, arrivent le vieux Bernd et Auguste
Keil. Bernd a les cheveux blancs. Keil a environ trente-cinq ans.
Tous deux ont leurs habits noirs des dimanches. Le livre de
messe à la main. Le vieux Bernd a la barbe blanche. Sa voix
est faible comme s'il avait eu autrefois une maladie des poumons,
qui l'aurait laissé très affaibli. Il a un peu l'air d'un vieux cocher
de maître, très digne, qui aurait pris sa retraite. — Auguste
Keil, qui est relieur, a le visage pâle, une grêle moustache brune,
la barbe en pointe et les cheveux déjà clairsemés. Il a parfois
des mouvements nerveux. Il est maigre, il a la poitrine étroite.
Tout en lui trahit l'homme casanier.]

BERND

Cette fille-là, quand elle s'est mis en tête de travailler, il
n'y a pas moyen de la retenir, que ça soit en semaine ou
le dimanche. (*Arrivant près d'elle.*) Voyons, Rose, en
semaine, il n'y a pas le temps de faire ça?

AUGUSTE

Oui, Rose, tu en fais trop. Ce n'était pas nécessaire.

BERND, *à Rose.*

Laisse tes outils, et rentrons à la maison... Ah! non,
pas comme ça. Je ne veux pas que tu m'accompagnes avec.
Mets ça dans le creux du cerisier. C'est dimanche : il ne
faut pas donner le mauvais exemple.

AUGUSTE

Il y a des gens qui se promènent avec leur fusil.

STRECKMANN

Il y a même de bons vivants qui ont leur flacon de schnaps. (*Il tire de sa poche une petite bouteille.*)

AUGUSTE

Chacun est responsable de ce qu'il fait.

STRECKMANN

D'accord. Surtout quand il le fait à son compte. Allons, Auguste, un peu de cœur au ventre, et bois un coup avec moi. (*Il tend la bouteille à Auguste, qui ne veut pas le voir.*)

BERND

Tu sais bien qu'Auguste ne boit jamais de schnaps. (*Auguste a relevé une pelle, qu'il met dans le creux de l'arbre.*)

STRECKMANN, *à Auguste.*

Regarde bien. Il y a peut-être un fusil. Pif, paf, pouf! Tu n'as qu'à mettre en joue et à tirer.

BERND

Il y a des gens qui vont chasser à l'heure de l'office.

STRECKMANN

Flamm, le bourgmestre.

BERND

Tout juste. On l'a rencontré. Ça fait de la peine, de voir donner le mauvais exemple.

STRECKMANN, *jetant à Rose une poignée de hannetons.*

S'il ne donnait que celui-là!

ROSE, *tremblante.*

Streckmann!

BERND

Qu'est-ce qu'il y a?

AUGUSTE

Oui, qu'est-ce qu'il y a?

STRECKMANN

Rien. Je voulais lui dire que nous avons à plumer une poule.

AUGUSTE

Plume-la avec qui tu veux. Et va la manger seul. On ne t'en demande pas.

STRECKMANN, *sournois et méchant.*

Tu sais, Auguste, fais attention, je ne te dis que ça.

BERND

Je vous en prie, ne vous emportez pas.

STRECKMANN

Toujours l'histoire du crapaud, qui veut être plus gros que le bœuf.

AUGUSTE

Il n'y a pas de bœuf ni de crapaud.

STRECKMANN

Voyons, Auguste, faisons la paix. Buvons ensemble. Tu n'es pas bel homme, il faut en convenir, mais dans les écritures tu es un malin : tu as su faire ta pelote... Alors, c'est bientôt le mariage? (*Auguste ne bouge pas. Bernd, alors, prend la bouteille.*) Ça, c'est gentil, père Bernd.

BERND

Puisqu'il s'agit de boire au succès de leur mariage, il faut faire une exception. (*Il boit.*)

STRECKMANN

Parbleu, oui, vous faites bien.

BERND, *à Auguste.*

Toi aussi, mon garçon, bois un coup : au bonheur de ton ménage. (*Il lui tend la bouteille.*)

AUGUSTE, *la prenant.*

C'est le bon Dieu qui donne le bonheur. Ce n'est pas de boire.

STRECKMANN, *se frappant le genou.*

Et qu'il vienne toute une ribambelle de petits Augustes ! (*A Bernd.*) Voyez-vous ça, grand-père? Et qu'ils soient tous heureux ! L'aîné deviendra sûrement bourgmestre... Allons, Rosine, à ton tour !

BERND

Pourquoi que tu pleures, Rosine?

MARTHE

Tu pleures tout le temps.

AUGUSTE, *à Rose.*

Allons, rends-lui sa politesse. Il faut que ça finisse. Bois une gorgée. (*Rose surmonte péniblement son dégoût et prend le flacon.*)

STRECKMANN

Hop-là ! Gaiement! Que ça fasse glou-glou ! (*Rose porte la bouteille au bord de ses lèvres, puis la rend aussitôt à son père avec un dégoût non dissimulé.*)

ROSE

Voilà.

BERND, *à mi-voix, et plein d'orgueil paternel, à Streckmann, en lui rendant sa bouteille.*

C'est que c'est une maîtresse femme que ma fille ! Je comprends qu'il tienne à elle. (*Les Bernd et Auguste s'en vont.*)

STRECKMANN, *seul, chantonnant.*

Je te repincerai, la belle!

ACTE II

La grande salle, dans la maison du propriétaire Flamm.
Salle basse, au niveau du sol extérieur. Une porte à droite, sur
l'antichambre. Une seconde porte, au fond, mène à une salle
plus petite, que Flamm appelle son cabinet de chasse. Il y a là
des appareils pour faire des cartouches, des habits et des armes,
que l'on voit quand s'ouvre la porte. Il y a aussi une armoire
pour les papiers de la commune, dont Flamm est le maire.

La grande salle, avec ses trois fenêtres à gauche, son plafond
à poutres brunes, et tout son ameublement, donne une impression de solide bien-être. A gauche, dans le coin, un grand sofa,
recouvert d'ancienne étoffe à fleurs. Par devant, une table à
allonges, en vieux chêne sculpté. Au-dessus du sofa, en rang
pressé, des bois de cerf et des cornes de chevreuil. Au-dessus
de la porte du cabinet de chasse, est suspendue une cage de
verre contenant toute une famille de perdreaux empaillés. Plus
loin, à droite de cette porte, la planche aux clefs, avec des clefs.
Pas loin de là, une armoire vitrée, toute pleine de livres. Sur
cette armoire, un hibou empaillé; et, près de l'armoire, une hor-
loge à corps, avec un coucou. Dans le coin de droite, un grand
poële de faïence marquetée de bleu. Devant chacune des trois
fenêtres, des pots de fleurs. La fenêtre qui est près de la table
est ouverte, ainsi que celle qui est sur le devant. — Devant
celle-ci, Mme Flamm est assise, dans un fauteuil roulant. —
Aux fenêtres, des rideaux de tulle. Non loin de la toute première
fenêtre, une vieille commode bombée, couverte d'un napperon
garni de dentelles, et sur laquelle on voit des verres et toutes
sortes de souvenirs de famille. Au-dessus, au mur, des photographies de familles. Entre le poële et la porte d'entrée, un
vieux piano à queue, dont le clavier est du côté du poële. Ta-

bouret recouvert de tapisserie. Sur le piano, plusieurs boîtes d'une collection de papillons. Sur le devant de la salle, à droite, un bureau à cylindre, en bois clair. Devant, une simple chaise. Plusieurs autres chaises semblables, le long du mur, tout contre le bureau. Entre les fenêtres, un vieux fauteuil familial en cuir brun. Au-dessus de la table, une grande suspension anglaise avec une large bordure de cuivre jaune. Au-dessus du bureau, au mur, une grande photographie d'un joli petit garçou de cinq ans, dans un simple cadre de bois. Elle est entourée d'une couronne de fleurs des champs, toutes fraîches. Au-dessous, une corbeille de verre, avec du sable humide et des myosotis. — Une superbe matinée de juin, vers onze heures.

Mme Flamm est une attrayante matrone de quarante ans. Elle porte une robe unie d'alpaga noir, avec une blouse à l'ancienne mode. Un petit bonnet blanc en dentelle. Un petit col en dentelle. Ses doigts fins et amaigris sont à demi recouverts par des mitaines de dentelle. Un livre et un fin mouchoir de batiste sont sur ses genoux. Mme Flamm a grand air, les yeux bleu-clair, le regard pénétrant, le front haut, les tempes larges. Sa chevelure grisonne déjà et se raréfie. La raie la plus correcte. Mme Flamm relève parfois légèrement ses cheveux du plat de la main ou du bout des doigts. Son visage exprime la bienveillance. Du sérieux, sans dureté ; et en même temps l'œil, la bouche, le nez, indiquent beaucoup de malice.

Mme Flamm regarde, un peu soucieuse, vers le dehors. Elle soupire, reprend son livre, puis écoute, ferme le livre après y avoir mis un signet, se tourne vers la porte, et parle, la voix montée et sympathique.

Mme FLAMM

Qui est là ? Entrez. (*On frappe.*) Entrez. (*La porte sur l'antichambre s'est entr'ouverte, et le vieux Bernd passe la tête.*) Eh bien ! mais, c'est le père Bernd : monsieur le marguillier et le caissier des œuvres de charité... Entrez donc. Je ne vous mangerai pas.

BERND

Nous voulions parler à monsieur le bourgmestre. (*Il

*entre, suivi d'Auguste Keil, tous deux encore dans
leurs habits des dimanches.)*

Mme FLAMM

Oh! mais c'est tout à fait solennel.

BERND

Bien le bonjour, Madame.

Mme FLAMM

Bonjour, père Bernd... Mon mari doit être là dans son
cabinet de chasse. (*Désignant Auguste.*) C'est votre futur
gendre?

BERND

Oui, madame, s'il plaît à Dieu.

Mme FLAMM

Asseyez-vous. Vous venez pour les publications? Ça va
donc se faire enfin?

BERND

Oui, Dieu merci, je crois que ça va se faire.

Mme FLAMM

Ça me fait plaisir. A quoi bon attendre! Quand une fois
la chose est décidée, plus vite ça se fait mieux ça vaut...
Elle a enfin dit oui?

BERND

Mais oui. Et ça me retire un poids de dessus le cœur.
Elle a été si longtemps à s'obstiner. Maintenant, c'est
elle-même qui me presse. Plutôt aujourd'hui que demain,
c'est ses propres paroles.

Mme FLAMM

J'en suis contente, monsieur Keil. Oui, père Bernd, j'en
suis contente... Gottlieb!... Mon mari va venir tout de
suite... A-t-elle fait traîner ça, votre petite Rose! Mais
maintenant, je comprends, vous devez être bien heureux.

BERND

Pour sûr. Et ça va encore mieux que vous ne croyez,
madame. C'est avant-hier que ça s'est décidé. Alors
Auguste a été voir mamzelle Hermann, qui a été si bonne,
et qui a bien voulu lui prêter les 3.000 marks ; qu'il puisse
achever d'acheter la maison Lachmann.

Mme FLAMM

Pas possible ! Eh bien, voyez-vous, père Bernd, vous
qui vous désespériez — un peu lâchement — quand vous
avez perdu votre place il y a dix ans, et que vous étiez
tombé dans la misère...

BERND

Vous savez, on a ses moments de faiblesse.

Mme FLAMM

Tout le monde traverse de mauvais jours. Tenez, mon
père a eu quarante ans une bonne place dans les Forêts ;
il nous a tout de même laissées, ma mère et moi, dans le
besoin. Il faut avoir confiance en Dieu. Il vous a tiré
d'affaire.

BERND

C'est vrai. Je ne me plains plus.

Mme FLAMM

Vous allez avoir un brave homme de gendre. Vous
habiterez une jolie maison. Vous pourrez encore travailler
la terre. Et tout ça se développera. C'est l'affaire de vos
enfants.

BERND

Je compte dessus. J'ai confiance en lui. Il a bien mené
sa barque, travaillé solidement. Il a commencé par être
colporteur en librairie.

Mme FLAMM, *à Auguste.*

Est-ce que vous n'aviez pas eu l'idée de vous faire mis-
sionnaire ?

AUGUSTE

Ma santé ne l'a pas permis.

BERND

C'est un savant. Et un honnête homme, un bon chrétien. Ma fille a bien tombé. Je peux m'endormir tranquille, même s'il s'agissait du dernier sommeil.

Mme FLAMM

Mais dites-moi, père Bernd, savez-vous que mon mari veut donner sa démission de bourgmestre? Je ne sais pas s'il sera encore là pour marier votre petite Rose.

BERND

En voilà une nouvelle! Ce n'est pas possible!

Mme FLAMM

Mais si. Ça lui fait trop de travail. Vous avez vu en passant que nos colzas sont commencés? Ici, tout près, derrière les granges. Toujours à la machine.

BERND

Rose doit y travailler, qu'elle nous a dit.

Mme FLAMM

Oui, je l'ai aperçue ce matin... Gottlieb?... Il n'est donc pas là?... Gottlieb?

FLAMM, *invisible.*

Oui, voilà. Tout de suite.

Mme FLAMM

Ah! Je savais bien... C'est pour des affaires de la mairie. (*Flamm, sans habit ni gilet, apparaît à la porte du cabinet de chasse. Sa chemise, toute blanche, est ouverte sur le devant. Il est occupé à nettoyer le canon d'un fusil de chasse.*)

FLAMM

Parfaitement. Je viens de voir le mécanicien Streckmann. J'aurais voulu commencer à faire battre; mais la machine est encore au grand carrefour, et ils n'ont pas fini... Tiens, mais c'est le père Bernd.

BERND

Mais oui, monsieur Flamm. Voilà : nous sommes venus... nous voulions...

FLAMM

Un instant! Chaque chose à son tour. (*En tenant le canon du fusil à la hauteur de l'œil.*) S'il s'agit d'une affaire concernant la mairie, attendez encore un peu. Mon successeur sera M. Steckel. Vous verrez avec lui comme tout sera solennel. (*Mme Flamm a regardé et écouté son mari attentivement, le menton sur son crochet.*)

Mme FLAMM

Qu'est-ce que tu viens raconter là, Gottlieb! (*Auguste, qui depuis le commencement est tout pâle, et qui l'est encore devenu davantage quand le nom de Streckmann a été prononcé, se lève maintenant, à la fois surexcité et solennel.*)

AUGUSTE

Monsieur le bourgmestre, je viens pour une publication de mariage. (*Flamm abaisse enfin le canon de son fusil.*)

FLAMM, *le plus négligemment qu'il peut.*

Pas possible! Et c'est donc bien pressé?

Mme FLAMM, *avec agacement.*

Mais voyons, Gottlieb, est-ce que ça te regarde? Laisse donc ces braves gens se marier tranquillement. Quel drôle de sermonneur tu fais! Si on l'écoutait, père Bernd, il n'y aurait bientôt plus que des célibataires.

FLAMM

Peuh! Où serait le mal? Le mariage n'est pas autre chose qu'un attrape-nigauds... Vous êtes le relieur Auguste Keil!

ACTE II

AUGUSTE

Oui, monsieur.

FLAMM

Vous demeurez au bourg voisin?

AUGUSTE

A votre service.

FLAMM

On m'a dit que vous voulez fonder une librairie dans la maison Lachmann?

AUGUSTE

Une librairie et une papeterie. Oui. Peut-être.

BERND

C'est surtout des livres de piété qu'il voudrait vendre.

FLAMM

Avec la maison Lachmann, il y a un bon bout de terrain, n'est-ce pas? Ça va jusqu'au grand poirier?

BERND

Parfaitement.

AUGUSTE, *en même temps.*

Oui, monsieur.

FLAMM

Alors, nous serons voisins : mes terres vont jusque-là. (*Il pose le canon de fusil, cherche dans ses poches un trousseau de clefs, puis appelle.*) Minna! (*Minna entre.*) Emmène madame.

Mme FLAMM

Voilà un mari galant! Il a d'ailleurs raison : on n'a pas besoin de moi. (*A Minna, qui s'est placée derrière le fauteuil.*) Pousse-moi dans le cabinet de chasse... Au revoir, père Bernd... (*A Minna.*) Et tu ne feras pas mal de rattacher tes cheveux. (*Mme Flamm et la servante disparaissent dans le cabinet de chasse.*)

FLAMM

Ce pauvre Lachmann me fait pitié. (*A Auguste.*) Vous

aviez des économies placées en hypothèques sur sa maison ?
(*Auguste toussote, à la fois surexcité et embarrassé.*)
Enfin, peu importe. Si vous êtes l'acquéreur, vous pouvez
vous féliciter... Donc, vous venez... Mais il manque la
fiancée !... Pourquoi ça ?... Est-ce qu'elle ne consent pas ?

AUGUSTE, *très surexcité et avec résolution.*

Nous sommes d'accord, autant que je sache. Et son
père la remplace.

BERND

Je vais la chercher, monsieur Flamm. (*Il sort vivement. Flamm, visiblement distrait, a ouvert le cylindre du bureau, et il remarque trop tard la disparition
de Bernd.*)

FLAMM

Il est parti ? Pourquoi ? Ça ne presse pas qu'elle vienne.
(*Il regarde quelques instants d'un air consterné du
côté de la porte par où Bernd est sorti. Puis, haussant
les épaules.*) Enfin, faites ce que vous voulez. Faites ce
qu'il faut... Je vais toujours m'allumer une pipe. (*Il se
lève, prend dans la bibliothèque un pot à tabac, décro-
che une pipe courte, la bourre et l'allume.*) Vous ne
fumez pas ?

AUGUSTE

Non.

FLAMM

Vous ne prisez pas non plus ?

AUGUSTE

Non.

FLAMM

Et vous ne buvez ni schnaps, ni bière, ni vin ?

AUGUSTE

Je ne bois que le vin de la communion.

FLAMM

Allons! Je vois que vous avez des principes. Vous êtes un homme d'acier, un modèle de vertu... Entrez!... On avait bien frappé?... Non?... Ça doit être ces diables de chiens... On m'a dit que vous vous amusiez quelquefois à faire le charlatan?

AUGUSTE, *sèchement.*

Non, monsieur.

FLAMM

Que vous guérissiez les gens par des prières?

AUGUSTE

En tout cas, ça ne serait pas du charlatanisme.

FLAMM

Comment ça?

AUGUSTE

La foi transporte les montagnes. Le bon Dieu est le même aujourd'hui que dans le temps, il n'a pas cessé d'être tout-puissant: il n'y a donc qu'à le prier avec assez de ferveur...

FLAMM

Entrez... Ah! cette fois, on a bien frappé... Entrez, mille noms d'un nom. (*La porte s'ouvre. Le vieux Bernd, très pâle, pousse devant lui, Rose, très pâle et récalcitrante. Flamm et elle se regardent un instant droit dans les yeux. Puis Flamm dit.*) C'est bon. Attendez un instant. (*Il sort, comme pour chercher quelque chose, dans le cabinet de chasse. La conversation qui suit, entre Rose, Bernd et Auguste, a lieu à voix basse, rapide et surexcitée.*)

BERND, *à Rose.*

Qu'est-ce qu'il te disait, Streckmann?

ROSE

Qui ça? Mais non, père.

BERND

Si. C'était Streckmann. Il t'en conte toujours.

ROSE

Qu'est-ce que vous voulez qu'il me conte?

BERND

Justement, c'est ce que je demande.

ROSE

Je ne sais pas.

AUGUSTE

Tu ne dois pas parler à un vaurien comme ça.

ROSE

Est-ce de ma faute, s'il me parle?

BERND

Ah! tu vois qu'il te parlait.

ROSE

Et puis, quand même! Je ne l'ai pas écouté.

BERND

Cet homme-là, il faudra que je l'appelle en justice. Tout à l'heure, quand on a passé par là, du côté de sa machine, il nous a crié quelque chose... Je n'ai pas bien entendu quoi... Mais je le pincerai.

AUGUSTE

Il suffit qu'il parle à une fille pour salir sa réputation.

ROSE

Alors, va en chercher une qui vaille mieux que moi. (*Flamm rentre. Il a mis un col et un veston de chasse.*)

FLAMM

Allons, bonjour, tout le monde. Et qu'est-ce qu'il y a pour votre service?... Pour quand est-ce, le mariage?..... Eh bien! quoi? Vous n'êtes pas d'accord?... Voyons, qu'il y en ait un qui parle!... Ecoutez, mes braves gens, je vois

que vous avez encore besoin de causer ensemble. Je vais
vous faire une proposition. Rentrez donc tranquillement
chez vous. Demain, quand vous aurez dormi, vous repren-
drez la chose. Et une fois bien décidés, vous reviendrez me
voir.

AUGUSTE, *avec autorité.*

C'est tout de suite que ça doit se décider.

FLAMM

Moi, mon ami, je veux bien. (*Il s'apprête à écrire.*
Nous disons donc que le mariage est fixé .. à quel jour?

BERND

Aussitôt que possible.

AUGUSTE

Si ça peut être dans trois semaines.

FLAMM

Trois semaines ? Si vite que ça ?

AUGUSTE

Oui, monsieur Flamm.

FLAMM

Alors, dites-moi le jour exact. Si vous voulez *brusquer*
la chose...

ROSE, *cruellement surexcitée, et involontairement.*

On peut bien encore reculer un peu.

FLAMM

Tu veux?... Pardon : vous voulez? — Je la connais
depuis l'enfance ; mais il ne faut plus tutoyer une fiancée.
— Seulement, dites donc, elle ne me paraît pas encore
décidée... (*Auguste a sursauté à la réplique de Rose, et
dès lors n'a cessé de la regarder fixement. Finalement, il se domine, et parle avec une tranquillité
voulue.*)

AUGUSTE

C'est bon. Adieu, père Bernd.

BERND

Reste ici, Auguste. (*A Rose.*) Et toi, il faut que je te dise. Tu vas dire oui ou non. Tu comprends : j'ai eu assez de patience avec toi. Et Auguste aussi ; et plus qu'il n'en fallait. Mais ça va de mal en pis. Tu me donnes ta parole, et aussi à Auguste. (*A Flamm.*) C'est même elle qui nous presse, monsieur Flamm. Elle-même. (*Revenant à Rose.*) Et voilà maintenant que tu ne veux plus rien savoir? Qu'est-ce que ça veut dire? Qui donc que tu crois être? Tu te figures donc, parce que tu es belle fille, que tu peux tout te permettre? Parce que tu es courageuse? que tu t'es toujours bien tenue? que personne n'a rien à te reprocher? Mais tu n'es pas la seule; et ce n'est pas une raison pour t'en croire. Les autres filles ne sont pas des rien-du-tout, parce que tu es honnête et pieuse. Ah! ah! il n'aurait plus manqué que ça, que tu ne sois pas honnête! Tu ne serais plus chez moi. Et Auguste n'attend pas après toi. Un homme comme lui, il en trouvera tant qu'il voudra, des femmes, et des meilleures familles, et qui peut-être vaudront mieux que toi. Pour sûr! A la fin, on perd patience. C'est de l'orgueil, et puis de l'orgueil, et rien autre chose. Alors, écoute; ou bien tu vas tenir ta parole...

FLAMM

Voyons, voyons, père Bernd! Il faut de la douceur.

BERND

Monsieur le bourgmestre, vous ne savez pas, vous ne pouvez pas savoir. Une fille qui en fait voir d'aussi dures à un brave et honnête homme, elle ne peut pas être ma fille.

AUGUSTE, *près de pleurer.*

Rose, qu'est-ce que tu as à me reprocher? Pourquoi que tu te conduis comme ça avec moi? Je n'ai jamais cru que ça irait, c'est vrai, je suis né pour la malchance. Je vous l'ai toujours dit, père Bernd. Mais tout de même, sorti d'où je sortais, j'aurais pu devenir un sacripant. Il faut encore que je dise merci à Dieu, qui bénit mon travail. Je ne suis pas beau garçon, c'est évident. Mais il n'y a pas que ça. Je t'aime. Et tu m'avais dit oui... Tu me regretteras, Rosine. (*Il veut s'en aller ; Bernd le retient.*)

BERND

Encore une fois, Auguste, tu vas rester... Et toi, Rosine, tu entends, je ne céderai pas... Ou bien tu vas dire oui... Ou bien... Mais pense donc, cet homme-là, il a été mon sauveur, longtemps avant qu'il t'ait seulement regardée. Quand j'étais malade, que je ne gagnais plus un pfennig, et que personne ne s'inquiétait de nous, c'est lui qui nous aidait à vivre. (*Auguste, incapable de maîtriser son émotion, prend son chapeau, et sort.*) C'est un ange du bon Dieu... Auguste !

ROSE

Père ! (*Bernd s'arrête.*) J'ai dit oui. Laissez-moi un peu de temps.

BERND

Il y a trois ans qu'on attend. Il en a assez. Qu'est-ce qui lui en voudrait ? La patience a des bornes. Et c'est lui qui a raison... Maintenant, vois-tu... fais ce que tu veux, va où tu veux... j'en ai de toi par-dessus la tête. (*Il sort.*)

FLAMM

Là ! là ! il faut pourtant en sortir ! (*Rose a pâli et rougi tour à tour, et elle a été si violemment agitée que parfois on a pu croire qu'elle allait laisser éclater les sentiments qui l'animent. Après que Bernd a disparu à son tour, elle reste là, pétrifiée, pâle comme une morte. Flamm ferme enfin le registre, et, après qu'il a retrouvé le courage de regarder Rose.*) Rose !...

voyons, reviens à toi. Du courage! Tu ne vas pas te laisser abattre par tout ce qu'ils ont dit? (*Rose a un grand frisson, et ses yeux fixes, démesurément ouverts, sont pleins de larmes.*) Rose... sois raisonnable... Qu'est-ce qu'il te prend?

ROSE

Ce que je veux... je le sais. Je le sais... et je le ferai... Et puis quand même, tant pis, ça ne fait rien.

FLAMM, *va et vient très excité, guettant la porte.*

Oui, parbleu, tu verras, les choses s'arrangeront. (*Feignant de s'occuper à la planche à clefs, où il prend des clefs, il dit tout bas, très vite.*) Rose!... Rose!... Voyons, tu ne m'entends pas?... Va donc m'attendre derrière la ferme. Il faut que nous causions ensemble... Chut! La mère est à côté... Ici, il n'y a pas moyen. Va.

ROSE, *qui a une peine infinie à se remettre, dit cependant avec une énergie passionnée.*

Non, monsieur Flamm. Jamais. Plus jamais.

FLAMM

Ah! tu veux donc tous nous rendre fous? Quel démon te pousse? dis-moi. Depuis un mois, je te cherche partout pour te parler un peu raison. Tu me fuis comme un lé, preux. Et puis voilà! Voilà ce qui arrive.

ROSE, *comme plus haut.*

Et quand même il arriverait cent fois pis, qu'importe! Oh! accablez-moi, c'est tout ce que je mérite; traînez-moi dans la boue... (*Flamm, qui était à la table, s'est retourné vers Rose avec un étonnement indigné. Il s'est d'abord contenu; mais aux derniers mots de Rose, il frappe tout à coup involontairement du poing sur la table, et si violemment que tout tremble.*)

FLAMM

T'accabler? Te traîner dans la boue? Tu deviens folle!

ROSE

, Mon Dieu! (*Mme Flamm, dans sa chaise roulante poussée par la servante, apparaît à la porte du cabinet de chasse.*)

Mme FLAMM

Qu'est-ce qui se passe donc, Gottlieb? (*Flamm, devenu blême, se reprend, saisit sa canne et son chapeau accroché au mur, et sort à droite. Mme Flamm, interdite, le suit des yeux, puis elle se tourne vers Rose.*) Qu'est-ce qui est arrivé? Qu'est ce qu'il y a?

ROSE, *effondrée.*

Ah! madame, je suis trop malheureuse! (*Elle tombe aux pieds de Mme Flamm, et se cache la tête sur ses genoux.*)

Mme FLAMM

Ah! seigneur Jésus! non, non, ma fille, calme-toi... Il faut m'expliquer... Qu'est-ce que tu as fait? Tu es si changée!... Je n'y comprends rien. (*A la servante qui a poussé son fauteuil.*) Je n'ai plus besoin de toi. Tu reviendras. Va ranger dans la cuisine. (*La servante sort.*) Eh bien? voyons, qu'est-ce qu'il y a? N'aie pas peur, dis-le moi. Ça te soulagera... Quoi?... Comment?... Qu'est-ce que tu dis?... Qu'est-ce que tu as dit?... Tu ne veux pas épouser ton sermonneur d'Auguste?... Tu as quelque autre amour en tête?... Ils se valent tous, et ils ne te valent pas...

ROSE, *se reprenant enfin et se relevant.*

Je sais ce que je veux. Ça suffit.

Mme FLAMM

C'est bon, si tu le sais. Je me disais que peut-être justement tu ne le savais pas, ce que tu voulais. Il arrive si souvent que les femmes n'en savent rien, surtout à ton âge! Et alors une vieille bonne femme comme moi peut quelquefois rendre service. Mais si tu le sais, c'est bon: tu te tireras d'affaire toute seule. (*Le regard pénétrant, après avoir mis ses lunettes.*) Seulement, Rosine, dis-moi, tu n'es pas souffrante?

ROSE, *effrayée, troublée.*

Souffrante? Moi? Comment?

Mme FLAMM

Comme on est souffrante. Tu as tellement changé!

ROSE

Je ne suis pourtant pas malade?

Mme FLAMM

Je ne te dis pas. Je te le demande. C'est justement ce que je te demande. Il faut bien me comprendre, ma petite Rosine. Regarde-moi. Nous ne jouons pas à cache-cache. Tu me connais : tu ne vas pas t'imaginer que je te veuille du mal?

ROSE, *balbutie.*

Non, madame.

Mme FLAMM

Alors, c'est bien, nous sommes d'accord... Quand tu étais petite, tu as joué avec mon petit Charles. Vous avez grandi ensemble, jusqu'à ce que le bon Dieu le rappelle à lui. Et quand ta mère aussi est morte, — je la revois encore sur son lit de mort, — elle m'a parlé, elle m'a demandé de m'occuper de toi...

ROSE, *le regard fixe devant soi.*

Ce qu'il y aurait de mieux, c'est que je sois au fond de l'étang... Et si ça arrive,... que Dieu me pardonne!

Mme FLAMM

Si ça arrive? Quoi? Je ne te comprends pas. Parle donc plus clairement. Voyons, je suis une femme. C'est entre nous. Et puis j'ai été une mère aussi, quoique je n'aie plus d'enfant. Ma pauvre petite, qui est-ce qui sait où tu en es! Il y a longtemps que je t'observe; tu ne l'as peut-être pas

remarqué ; mais aujourd'hui il faut me dire la vérité...
Tiens, pousse-moi à la commode. (*Rose obéit.*) Ici, dans
le tiroir, il y a de vieilles choses, des affaires de mon petit
Charles... Ta mère m'a dit un jour : « Ma petite Rose, elle
a peut-être le sang un peu trop chaud, mais ça fera une
vraie maman... » Je ne sais pas, moi. C'est possible. Elle
avait peut-être raison. (*Elle tire une grande poupée du
tiroir.*) Et puis, vois-tu, n'importe ce qui soit arrivé, une
maman ne doit jamais être à mépriser... Vous avez joué
tous les deux, le petit Charles et toi, avec cette poupée-là.
Tu la soignais, tu la lavais, tu lui donnais à manger ; et
même une fois que mon mari était entré, tu l'as serrée
contre toi pour la défendre, qu'il ne te la prenne pas...
C'est toi, ce matin, qui as apporté des fleurs, des myosotis ?
C'est toi qui les as mis là devant son portrait à mon petit
Charles ? Et dimanche tu lui en avais porté sur sa tombe ?
Oui, les enfants et les tombes, ça regarde les femmes.
(*Elle a pris dans le tiroir une petite brassière d'enfant,
elle la tient étendue par les deux petites manches, et
continue de parler.*) Je te remercie, ma petite Rose. Ton
père s'occupe beaucoup des choses de religion. Je ne dis
pas qu'il ait tort : je n'y comprends rien. Là-dessus, comme
sur-tout le reste, je n'en sais pas plus que tout le monde
au monde ; et ça ne mène pas loin. Mais il y a une chose
au monde que j'ai apprise, une seule, et que je sais : ce
que c'est qu'une mère et toutes les douleurs des mères.
(*Rose est tombée assise, anéantie, râlante.*) Et vois-tu, ma
fille, je sais bien, malheureusement, que ce que je dis là,
le monde est trop prêt à l'oublier. Mais toi, pense que je
le sais.

Rose, au milieu de sanglots.

Oui, madame.

Mme FLAMM, reposant la brassière sur ses genoux.

Tu peux compter sur moi. Je l'avais deviné qu'il te faut
maintenant de la force pour deux. C'est tout ce que je

veux savoir. Je ne t'en demanderai pas plus. Pour moi, il
n'y a que les mères et les enfants qui comptent. Je ne
m'occupe pas des pères. Que le père soit un rentier ou un
vagabond, c'est nous, n'est-ce pas? qui mettons les enfants
au monde! Et là, pas plus l'un que l'autre ne peuvent nous
aider. Du courage, ma petite ; et aie confiance en moi. On
verra si je suis encore bonne à quelque chose sur terre.
(*Rose se relève toute raide.*) Ne te tourmente pas, je te
le répète. Pour aujourd'hui, c'est assez. Rentre chez toi,
tranquillement. Il faut se demander... un tas de choses :
pour ton père, pour Auguste...Enfin, nous avons le temps,
je vais y réfléchir.

ROSE

Non, madame, ne vous en occupez pas. C'est impossible.

Mme FLAMM

Ne crains rien. Je n'en parlerai pas. Je n'en dirai pas
un mot. Pas même à mon mari. Il est si sévère !

ROSE

Non, non, madame. Il ne faut pas vous occuper de moi;
ni vous, ni personne. Je ne l'ai pas mérité, je le sais. Il
faut que je me tire d'affaire toute seule. Je n'ai pas le droit
de me confier à personne. Je ne peux pas vous dire plus
clairement. Vous êtes bonne comme un ange, madame,
comme le bon Dieu dans le ciel. Vous êtes trop bonne pour
moi. Mais c'est impossible. Je ne peux pas accepter. Adieu,
madame.

Mme FLAMM

Mais non, attends.Je ne vais pas te laisser partir comme
ça. Qui sait encore ce qui arriverait !

ROSE

Soyez tranquille, madame : je n'en suis pas là. Je peux
toujours travailler pour... pour mon enfant. Et puis... le
monde est grand : il y aura toujours bien un coin pour

moi... S'il ne s'agissait que de moi, et qu'il n'y ait pas
mon père, et Auguste, qui me fait tellement pitié...

Mme FLAMM

C'est bon, sois courageuse.

ROSE, *avec décision.*

Oui, madame.

Mme FLAMM

Veux-tu — tout de suite — te confier à moi ? (*Mouvement brusque de Rose. Mme Flamm reprend vivement.*)
Comme tu voudras, ma fille. Rentre chez toi. Il ne faut
jamais mentir ; mais aussi chacun n'a à parler que quand
il le veut bien. Tu reviendras me voir.

ROSE, *balbutiant et sanglotant.*

Oui, madame. (*Elle se réagenouille pour lui baiser
les mains.*)

Mme FLAMM

Et que tu te taises ou que tu parles, ça ne change rien
à mes sentiments. Tu peux compter dessus. Et veux-tu que
je te dise ? sois contente : c'est si bon d'avoir un enfant,
c'est la plus grande joie. (*Elle reprend la brassière et la
tient tendue entre ses deux mains.*) Tu ne te doutes pas
du bonheur que tu as. Garde-le bien !

ACTE III

Un coin de plaine fertile. Sur le devant, à droite, entre les champs et sur un triangle d'herbe quelque peu en retrait : un vieux poirier. Au-dessous, une source claire, dans un encaissement de pierre très primitif. Au centre, la prairie. A l'arrière-plan, entouré d'aunes, de buissons, de saules et de noisetiers, un grand étang bordé de joncs, et avec des plantes aquatiques. Tout autour, des prairies ; et çà et là, en demi-cercle, de très vieux chênes, des ormes, des hêtres et des bouleaux. Par les trouées, entre les arbres et les buissons, on aperçoit au loin les clochers et les toits d'autres villages. A gauche, derrière les buissons, les toits de chaume d'une métairie. — Un brûlant après-midi d'été, au commencement d'août. — On entend au loin le bourdonne-ment d'une machine à battre.

De droite, arrivent, épuisés de travail et haletants de chaleur, le vieux Bernd et Auguste Keil. Tous deux n'ont que le pantalon, la chemise ouverte, les chaussures et la coiffure. Ils ont la pioche sur l'épaule, et, à la main, une faux. Au ceinturon de cuir, le cornet avec la pierre à aiguiser.

BERND

Dieu, qu'il fait chaud !... Il faut se reposer. Mais ça fait plaisir que ça soit sur un bout de terre à soi.

AUGUSTE

On voit que je ne suis pas habitué à faucher, que c'est un métier nouveau pour moi.

BERND

Tu t'en es bien tiré.

AUGUSTE

Oh! non. Pour combien de temps y en a-t-il encore?
J'ai les membres brisés.

BERND

Si seulement le temps pouvait se maintenir.

AUGUSTE

On se croirait dans une fournaise. Tout à l'heure, en
fauchant, il m'a semblé qu'il tonnait. (*Bernd s'est agenouillé au bord de la source, et il a bu avidement.*)

BERND

Il n'y a encore rien de bon comme l'eau.

AUGUSTE

Quelle heure est-il?

BERND

Il doit être quatre heures. Ça m'étonne que Rose n'ait
pas encore apporté le goûter. (*Il se relève, et considère
le tranchant de sa faux, comme Auguste est en train
de faire de la sienne.*) Il faut que tu la repasses? La
mienne peut encore aller.

AUGUSTE

La mienne aussi. Je peux encore essayer. (*Bernd s'est
laissé tomber sur l'herbe, sous le grand poirier.*)

BERND

Alors, viens donc t'asseoir à côté de moi. (*Auguste se
laisse tomber, épuisé, à côté de lui.*) Et si tu as ton livre
d'évangiles, on pourrait en lire une page.

AUGUSTE

Oh! je n'en ai pas la force. Tout ce que je peux dire en
fait de prières, c'est : « Merci, mon Dieu! »

BERND

Vois-tu, mon garçon, pour Rose, je te l'ai dit tout de
suite : il faut la laisser, elle retrouvera le bon chemin.

Et en effet, tu vois, elle est redevenue plus raisonnable.

AUGUSTE

Ce qui lui a passé par la tête, il y a six semaines, — oh! maintenant, je ne m'en plains plus, je remercie Dieu à genoux — mais tout de même... je n'y ai jamais rien compris. Ça devait avoir une raison. Laquelle? Encore aujourd'hui j'y perds mon latin.

BERND

Mais quelle différence entre ce qui s'est passé hier chez le nouveau bourgmestre, pour les publications, et ce qui s'était passé chez l'autre!

AUGUSTE

Moi, ça m'a fait plaisir que ça ne soit plus Flamm qui soit bourgmestre, et qu'il n'y ait pas eu besoin de retourner chez lui.

BERND

Hein! cette fois, elle n'a pas fait de grimaces! en cinq minutes, c'était bâclé. Elle est comme ça. Il y a beaucoup de femmes qui sont comme ça.

AUGUSTE

Croyez-vous que la première fois Streckmann y ait été pour quelque chose? Vous vous rappelez, ce jour-là, il vous avait crié après. Et il la poursuivait, pour sûr.

BERND

Possible que oui. Possible que non. Je ne sais pas.

AUGUSTE

Quand je vois cet homme-là, je ne me connais plus. Il me passe des frissons, et j'en veux au bon Dieu qui n'a pas fait de moi un Samson. Oui, Dieu me pardonne, il me prend des colères... (*On entend le sifflet de la machine.*) Tenez, c'est sa machine.

BERND

Ne t'occupe donc pas de lui.

AUGUSTE

Enfin, c'est bon. Quand on sera marié, on vivra chez soi, tranquillement.

BERND

Oui, que le bon Dieu vous donne une vie tranquille!

AUGUSTE

Et ce qui se passera dehors, je ne veux même plus le savoir. Je ne peux pas souffrir toutes leurs agitations. Le monde, les hommes... ne m'inspirent que du dégoût. Tenez, si la vie devait continuer pour moi aussi cruelle que jusqu'ici, j'aimerais autant mourir. Et même j'en serais content. Oui, ma parole, j'en serais heureux, comme un enfant.

(Quelques moissonneurs assoiffés, une vieille femme, et deux jeunes filles — tous venant des champs du propriétaire Flamm — arrivent à travers champs. Ce sont : Hahn, Heinzel, le vieux Fritsch, sa femme, le vieux Kleinert, « la Grande » et la « Petite ». Les hommes n'ont que le pantalon et la chemise ; les femmes, une jupe, la chemise, et un fichu bariolé sur la poitrine et sur la tête.)

HAHN, *trente ans, brun, solide gaillard.*

C'est moi le premier à la fontaine. Crevez de soif si vous voulez : je bois tout. (*Il s'agenouille et s'incline au-dessous du jet de la source.*) Si je ne me retenais pas, je me fourrerais dedans.

LA PETITE

Quel malappris! Nous autres aussi, nous avons soif. (*A la Grande.*) Tu n'as pas un gobelet à me prêter?

LA GRANDE

Attends un peu. La Grande passe avant la Petite.

HEINZEL, *les prend par les épaules et passe entre elles deux.*

Oui, mais d'abord les hommes. Et après, les femmes.

KLEINERT

Il y a de la place pour tout le monde. N'est-ce pas, père Bernd? Bon appétit!

BERND

Ça sera pour tout à l'heure. Nous n'avons pas encore notre goûter.

FRITSCH, *qui bégaie un peu.*

Ma chemise est à tordre, et j'ai la langue comme un morceau de bois.

LA VIEILLE FRITSCH

De l'eau!

KLEINERT

Il y en a ici pour tout le monde.

(Tous boivent avidement, les uns directement de la fontaine, avec la bouche; d'autres, dans le creux des mains, ou de leur coiffure; d'autres enfin, de petits pots ou des bouteilles qu'ils ont remplis. On n'entend plus que le bruit des glouglous, ou les soupirs de satisfaction.)

HEINZEL, *se levant.*

L'eau, c'est bon. Mais la bière, ça serait mieux.

HAHN

Ou même un petit verre d'eau-de-vie.

FRITSCH

Auguste devrait nous régaler.

LA VIEILLE FRITSCH

Qu'il nous invite plutôt à son mariage!

FRITSCH

On ira tous. Ça sera bientôt?

HEINZEL

Moi, je n'irai pas. On ne servira que de l'eau. Je peux aussi bien en boire à la fontaine.

HAHN

Oui, mais on dira des prières, on chantera des canti-
ques. Il y aura peut-être un pasteur qui viendra réciter
les commandements de Dieu.

HEINZEL

Ça me les rappellerait. Je n'en sais plus un seul.

KLEINERT

Laissez donc Auguste tranquille, vous autres. Je vous
dis que si j'avais une fille, je ne voudrais pas d'autre
gendre que lui. Il s'y entend. Il est solide au poste.

[Les moissonneurs et les femmes se sont assis en demi-cercle.
Ils goûtent. Du café, dans des pots en fer battu; et de grosses
miches de pain dont ils coupent les bouchées avec leurs couteaux
de poche.]

LA VIEILLE FRITSCH

Tiens, voilà Rose Bernd qui tourne la ferme.

FRITSCH

Elle saute comme un cabri. Regardez.

KLEINERT

C'est une forte fille, et qui s'y entend aussi. Son ménage
sera bien mené. (*Arrive Rose. Elle apporte dans un
panier le goûter d'Auguste et du vieux Bernd.*)

ROSE

Bon appétit, tout le monde.

LES GENS, *ensemble.*

Merci. — Bonjour Rosine.

FRITSCH

Tu laisses ton amoureux mourir de faim?

ROSE, *retirant du panier les provisions.*

Allons donc! On ne meurt pas de faim si facilement.

HEINZEL

Il faut bien le gaver, Rosine; lui donner des forces.

FRITSCH, *à Rose.*

Oui, sans ça tu n'auras jamais pour homme qu'un
échalas.

BERND, *à Rose.*

Qu'est-ce donc que tu faisais? Il y a un quart d'heure
que nous sommes là.

AUGUSTE, *à mi-voix, avec quelque aigreur.*

Et on aurait eu fini de goûter avant qu'ils arrivent
tous.

LA VIEILLE FRITSCH, *à Rose.*

Laisse-le grogner, la belle. Ne te fais pas de bile.

ROSE

Qu'est-ce qui grogne donc ici? Personne. Et Auguste
encore moins.

LA VIEILLE FRITSCH

Et puis quand même, je te dis, ne te fais pas de bile.

HEINZEL

S'il ne grogne pas encore, ça viendra.

ROSE

Tu ne me fais pas peur. Je n'y crois pas.

FRITSCH

Alors, vous revoilà d'accord maintenant?

ROSE

On l'a toujours été. N'est-ce pas, Auguste? (*Elle l'embrasse. Rires.*) Ça vous fait rire? C'est comme ça.

LA GRANDE

Vous avez vu comme elle l'a embrassé? Elle fait sem-
blant de ne pas savoir. Vrai, tu ne sais pas embrasser les
hommes? On m'avait dit que tu avais l'habitude.

BERND, *assombri, mais tranquillement.*

Fais donc attention à ce que tu dis, la Grande.

KLEINERT, *à la Grande.*

Oui, fais attention. Il n'entend pas toujours la plaisanterie.

ROSE

Elle n'y cherche pas malice. Laissez-la donc.

KLEINERT, *allumant sa pipe.*

Il a l'air doux comme un mouton ; mais quand il se fâche, je ne vous dis que ça ! Quand il était logeur, les femmes qui étaient chez lui, il fallait qu'elles prennent garde. Il en aurait dompté dix comme toi. Il ne s'agissait pas d'avoir des galants.

LÀ GRANDE

Qui est-ce qui parle d'avoir des galants?

KLEINERT

Il n'y a qu'à demander au mécanicien Streckmann.

LA GRANDE, *pivoine.*

Demandez ça au diable, si vous voulez. (*Rires.*)

HAHN

Ça te fait rougir, coquine, quand on parle de Streckmann. (*Streckmann apparaît, tout couvert de la poussière que fait sa machine, et déjà quelque peu excité par le schnaps qu'il a bu.*)

STRECKMANN

Qui est-ce qui parle du mécanicien Streckmann? Le voilà. C'est lui. Y a-t-il quelqu'un de prêt à me chercher dispute?... Bonjour, tout le monde, et bon appétit.

LA VIEILLE FRITSCH

Quand on parle du loup...

STRECKMANN

Les vieilles louves se réveillent. (*Il retire son bonnet à cocarde, et s'essuie la sueur du front.*) Ah ! mes enfants, je n'en puis plus. Quel sale métier! On y laisserait sa

peau... Bonjour, Auguste. Bonjour, Rosine. Bonjour,
père Bernd.

HEINZEL

Laisse-les donc. Ça va trop bien pour eux.

STRECKMANN

Le bon Dieu protège ses serviteurs. Nous autres, on se
donne un mal de chien, et on n'arrive à rien. (*Il s'est fait
place, et il s'est assis entre Heinzel et Kleinert. Donnant sa bouteille de schnaps à Heinzel.*) Faites circuler.

FRITSCH

Le pauvre homme! Il a du chagrin.

STRECKMANM

J'en ai plus que mon compte! Est-ce dans la tête, ou
dans le ventre, ou dans le cœur, que ça me tient? Je suis
à bout. Je finirai par faire quelque folie. (*A la Petite.*)
Dis donc, la Petite, je peux me coucher à côté de toi?

LA PETITE

Je te casse ma pierre à aiguiser sur la tête. (*Rires.*)

STRECKMANN

Ça vous fait rire, vilaine clique? Riez tout votre content.
Ce n'est pourtant pas drôle, ce que j'ai. (*Fanfaronnant.*)
Je me ferai écraser le bras par ma machine. Je me jetterai
sous les roues. Va, la Petite, si le cœur t'en dit, tu peux
me tuer, je ne me défendrai pas.

HAHN

Tu pourrais aussi mettre le feu à une meule, et te jeter
dedans.

STRECKMANN

Ce n'est pas la peine. Ça me brûle assez comme ça...
Auguste, lui, c'est un homme heureux.

AUGUSTE

Que je sois heureux ou pas, ça ne regarde personne que moi.

STRECKMANN

Qu'est-ce que je te fais? Sois donc sociable.

AUGUSTE

Je n'en veux pas de ta société. (*Streckmann le regarde longtemps avec haine; mais enfin il se domine, et reprend sa bouteille de schnaps qui a fini la ronde.*)

STRECKMANN

Donnez-moi ça. Il n'y a encore que ce moyen-là pour noyer son chagrin. (*A Rose.*) Tu n'as pas besoin de me regarder. C'est réglé. Je m'en vais. Je ne veux rien empêcher. (*Il s'est levé et s'éloigne.*)

ROSE

Que tu t'en ailles, ou que tu restes, ce n'est pas mon affaire.

LA VIEILLE FRITSCH

Eh bien, dis donc, Streckmann, toi qui faisais tant le malin, il y a six semaines, quand on faisait les colzas, — aujourd'hui, il faut que tu en rabattes.

STRECKMANN, *s'est retourné, puis, après un silence.*

Non. Je ne veux rien dire. (*Il s'en va de nouveau.*)

LA VIEILLE FRITSCH

C'est plus facile de se taire. (*Streckmann se retourne de nouveau, puis se contient encore.*)

STRECKMANN

Non, je ne dirai rien. Je ne me laisse pas prendre comme ça... Si tu veux savoir quelque chose, demande à Auguste et au père Bernd.

BERND

Qu'est-ce qu'il faut qu'elle nous demande?

LA VIEILLE FRITSCH

L'autre fois, la première fois que vous avez été chez le bourgmestre — chez l'autre bourgmestre, chez Flamm, — quand vous avez passé sur les colzas, du côté de Streckmann, et qu'il vous a crié après...

KLEINERT

Tais-toi donc, malheureuse.

LA VIEILLE FRITSCH

Pourquoi? On parle de ça pour se distraire. Et si l'autre fois Rose n'a pas voulu...

BERND

Vous autres!... Que le bon Dieu vous pardonne! Mais vous ne pourriez pas nous laisser un peu tranquilles? Ou bien y a-t-il quelqu'un ici à qui sans le savoir nous aurions fait du tort?

FRITSCH

Nous autres non plus, on ne fait de tort à personne.

ROSE

Qu'il y a six semaines j'aie voulu, ou pas voulu, ne vous en faites donc pas de souci. Maintenant, je veux. C'est tout ce qu'il faut.

KLEINERT

Tu as raison, ma petite Rosine. C'est bien envoyé. (*Auguste, qui jusqu'ici paraissait absorbé dans son livre des Évangiles, le ferme, et se lève.*)

AUGUSTE

Venez, père Bernd. Retournons travailler.

HAHN

C'est un travail qui donne plus de mal que de remuer le pinceau dans le pot à colle, et de relier des livres de messe.

HEINZEL

Et encore ce n'est rien que ça. C'est quand il sera marié

qu'il aura du mal. Il ne sait pas ce qui l'attend. Il deviendra poitrinaire. Une fille comme Rose, il lui en faut. *(Rires.)*

STRECKMANN, *riant plus fort.*

Ça, par exemple!... Mais non, j'allais dire un mot de trop. *(Rentrant dans le groupe.)* Seulement, je peux vous poser une devinette. Faut-il?

LES GENS

Oui.

STRECKMANN

Quel est l'animal qui ne se connaît plus et qui devient fou quand on veut lui arracher sa proie?

LA VIEILLE FRITSCH

Tu veux qu'on dise que c'est toi. De quelle proie que tu parles?

BERND

De son flacon d'eau-de-vie.

STRECKMANN, *après un mouvement.*

Je m'en vais. Je suis brave homme. Adieu, père Bernd. Adieu Rosine. Adieu, Auguste... Eh bien, quoi! tu as toujours été en-dessous, tu ne vas pas monter sur tes ergots. Je te dis que je suis brave homme. Vous ne me reverrez plus. Tu aurais plutôt à m'être reconnaissant, puisque j'ai laissé faire. *(Il s'en va.)*

ROSE, *vivement et énergiquement.*

Ne lui réponds pas, Auguste. Ne t'occupe pas de ce qu'il dit.

KLEINERT

Voilà Flamm qui vient.

LA VIEILLE FRITSCH

Le patron!

KLEINERT

Et il y a plus d'une demi-heure qu'on a quitté le travail·
(*On entend le sifflet de la machine.*)

HAHN

En avant, les enfants, voilà la sacrée machine qui nous
rappelle. (*Les moissonneurs et les femmes s'en vont
vivement. Il ne reste plus que Rose, le vieux Bernd et
Auguste.*)

BERND

En voilà des contes qu'il fait, Streckmann ! (*A Rose.*)
Tu as compris ce qu'il voulait dire ?

ROSE

J'ai autre chose à faire qu'à me creuser la tête là-dessus.
N'est-ce pas, Auguste ? Des bêtises comme ça ! Nous, dans
un mois, il faut que la nouvelle maison soit prête. C'est
autrement sérieux.(*Elle remet dans le panier les restes
du goûter.*)

AUGUSTE

Tu ne vas pas venir nous retrouver ?

ROSE

J'ai à laver, repasser, raccommoder ; mille choses à faire.
Pense donc : un mois !

BERND

On se retrouvera pour le souper. (*Il sort.*)

AUGUSTE, *avant de s'en aller, gravement.*
Tu m'aimes bien, Rose ?

ROSE

Oui... je t'aime bien.

[Auguste sort. Rose est seule. On entend le bourdonnement
de la machine, et le grondement de l'orage qui monte à l'hori-
zon. Rose achève de remettre dans le panier le pain, le beurre,
les pots, les tasses. Puis elle se lève, le panier au bras. On voit
que soudain elle a aperçu au loin quelque chose qui à la fois l'at-

tire et la laisse interdite. Brusquement, elle se décide à partir.
Elle relève son fichu de tête, qui a glissé, et elle s'en va. Mais
avant qu'on l'ait perdue de vue, apparaît Flamm, le fusil sur l'é-
paule, et qui l'appelle.]

FLAMM

Rose! Arrête-toi donc, mordieu! (*Rose s'arrête, sans
se retourner.*) Tu ne veux pas me donner à boire? Je ne
vaux pas un verre d'eau?

ROSE

Il y en a à la fontaine.

FLAMM

Je le vois bien : je ne suis pas aveugle. Mais tu te figures donc que je vais boire comme les chiens? Il n'y a pas
de tasse dans ton panier? (*Rose pousse le couvercle du
panier.*) Allons donc! Il y a même un pot d'étain. Il n'y
a rien de tel que ça pour boire de l'eau. (*Rose lui tend
le pot, toujours sans le regarder.*) Tu ne vas pas être
un peu plus aimable? (*Rose va à la fontaine, rince le
pot, l'emplit d'eau, le pose à côté, retourne à son
panier, le reprend et attend, toujours sans regarder
Flamm.*) Non, ça ne suffit pas... Tu ne veux pas me
donner à boire?... Une fois, deux fois... Voyons, Rose,
ne fais pas de façons. (*Rose retourne à la source,
reprend le pot, et le tend à Flamm, toujours le visage
détourné.*) Ce n'est pas encore comme ça.

ROSE

Vous n'avez qu'à le prendre.

FLAMM

Donné comme ça, qui est-ce qui accepterait? (*Rose,
égayée malgré elle, finit par tourner la tête vers
Flamm.*)

ROSE

Ah! non, toujours le même!

FLAMM

Ah! c'est déjà mieux... Là! Maintenant, c'est bien. (*Comme par inadvertance et comme si c'était uniquement pour tenir le pot, il pose ses mains sur celles de Rose, et boit. Le mouvement du cruchon qui se lève lui fait baisser la tête, et finalement plier le genou.*) Ah!... Merci, Rosine... Maintenant, tu peux me lâcher. (*Il la tient. Rose fait un léger effort pour se dégager.*)

ROSE

Non, monsieur Flamm, laissez-moi.

FLAMM

Vraiment? Tu crois que je vais te lâcher, depuis si longtemps que tu me fuis? Pas du tout. Je t'ai; je te garde. Non, n'essaie pas, tu ne m'échapperas pas. Et puis regarde-moi donc en face. Je suis toujours le même... Les yeux dans les yeux. Oh! je sais, tu n'as pas besoin de me le dire : je sais tout. J'ai vu mon successeur à la mairie. Il m'a dit que c'était fait. Heureusement! que ce n'était plus moi. Je sais même le jour de l'enterrement; je veux dire : le jour du mariage. Et ce n'est pas tout : je me suis interrogé, longuement; j'ai fait mon examen de conscience. Ça n'a pas été gai.

ROSE

Je n'ai pas le droit de rester comme ça avec vous, monsieur Flamm.

FLAMM

Il le faut. Que tu aies le droit, ou que tu ne l'aies pas, je m'en moque. Si le sort en est jeté, ce n'est pas une raison pour ne pas se dire adieu. On ne met pas comme ça les gens à la porte. As-tu quelque chose à me reprocher, Rosine?

ROSE, *secoue vivement la tête; puis elle dit doucement.*

Rien du tout, monsieur Flamm.

ACTE III

FLAMM

Rien?... Ta parole? (*Rose fait vivement oui de la tête.*) Au moins ça me fait plaisir. Et c'est bien ce que je pensais. Il n'y aura toujours pas entre nous de mauvais souvenirs. Ah! Rosine, ç'aura été le bon temps.

ROSE

Il faut maintenant que vous retourniez à votre femme.

FLAMM

Seulement, ça a passé trop vite. Le bon temps! et qu'est-ce qu'il en reste?

ROSE

Il faut être bon pour votre femme, monsieur Flamm. C'est un ange du bon Dieu. C'est elle qui m'a sauvée.

FLAMM

Etre bon pour ma femme? Mais je le suis toujours. Je m'entends on ne peut mieux avec elle. Mais dis-moi donc, Rosine... Viens, là, sous le poirier,... et raconte-moi ce qu'elle t'a dit. Elle fait tout le temps des tas d'allusions à toi, sans rien dire de précis. Moi, naturellement, je ne veux pas l'interroger; et au bout du compte, je n'y comprends rien. (*Il essaie de la faire asseoir.*)

ROSE

Monsieur Gottlieb!... Monsieur Flamm! Non, je ne peux pas m'asseoir... Qu'est-ce que ça peut vous faire? Et à quoi bon? C'est fini? Eh bien! voilà tout, c'est fini. Et que le bon Dieu me pardonne! (*Le bourdonnement de la machine à battre devient plus fort.*)

FLAMM

Ce qu'elle est insupportable, cette sacrée machine!... Voyons, Rose, pourquoi tu ne veux pas t'asseoir? Je ne te toucherai pas, je te le jure... Mais tu vas me raconter ce qui s'est passé. Tu peux bien avoir confiance en moi.

ROSE

Ce qui s'est passé... c'est déjà loin. Quand je serai mariée, vous demanderez à Mme Flamm, si vous voulez. Peut-être qu'elle vous le dira... Moi, je n'ai pas peur d'Auguste : il est si bon, et si bon chrétien! Et j'ai déjà compris... j'en suis sûre... il me pardonnera. Personne ne peut s'en faire une idée comme il est bon! Maintenant, Gottlieb, adieu. Soyez heureux. On a encore toute une vie devant soi pour réparer, pour être fidèle, pour travailler et faire son devoir.

FLAMM, *la retenant solidement par la main.*

Non, Rose, attends encore un peu. Je suis de ton avis. A ton mariage, bien entendu, je n'irai pas. Ça ne m'empêche pas de reconnaître... que tu as raison... Ah! ma pauvre petite, je t'ai tant aimée!... J'aurais tant désiré pouvoir t'aimer au grand jour! Tu ne te douteras jamais de tout ce que tu as été pour moi! J'en ai pourtant connu des femmes dans ma diablesse de vie: il n'y a que toi qui m'aies rendu heureux.

ROSE

Moi aussi, Gottlieb, je vous ai bien aimé.

FLAMM

Toute petite déjà, tu étais amoureuse de moi. Tu ne te rappelles pas — tu étais trop innocente — mais tu me faisais des yeux!... Y repenseras-tu quelquefois à ce vieux brigand de Flamm?

ROSE

Oui, j'y repenserai. J'ai un gage.

FLAMM

Ah! oui, la petite bague que je t'ai donnée! (*Mouvement de Rose, qui se contient.*) Et tu reviendras quelquefois nous voir?

ROSE

Ce n'est pas possible. C'est là des choses qui brisent le

cœur. Il ne faut pas soi-même se martyriser. C'est fini, je vous dis. Je resterai chez moi. Je travaillerai dur. C'est une vie nouvelle qui commence. Il ne faut plus regarder en arrière, jamais.

FLAMM

Même la mère, tu ne reviendras pas la voir ?

ROSE, *faisant non de la tête.*

Je n'ose plus la regarder en face... Oui, peut-être plus tard, dans dix ans... Peut-être que dans ce temps-là on aura fini par s'être vaincu soi-même. Adieu, monsieur Gottlieb.

FLAMM

Si vite? Et c'est le dernier adieu?

ROSE

Peut-être que le père et Auguste commencent à s'étonner. Oui, adieu.

FLAMM

Ah! Rosine, s'il n'y avait pas ma femme... Ah! là! là! ça ne traînerait pas.

ROSE

Avec des « si » et des « mais », on referait le monde. Moi, je suis encore bien heureuse d'avoir un refuge. S'il n'y avait pas eu Auguste et le père, je me serais sauvée. Adieu! Adieu!

FLAMM

Ta main! Une dernière fois. (*Il lui serre la main, et ils se disent mutuellement adieu, droit dans les yeux.*) Allons! il faut ce qu'il faut. Nous allons suivre chacun notre chemin. Adieu, Rosine. (*Il s'en va, d'un pas ferme, sans se retourner. Rose le suit des yeux, et puis d'un grand effort elle dompte son chagrin.*)

ROSE, *seule.*

Oui. Il faut ce qu'il faut. C'est fini. (*Elle remet le pot*

dans le panier, et va pour sortir de l'autre côté, lors-
qu'apparaît Streckmann, pâle, grimaçant, rampant,
farouche.)

STRECKMANN

Rosine!... Tu n'entends pas?... Rosine! C'était encore
ce bandit de Flamm ? Qu'est-ce qu'il te voulait? Je le
devine. Mais je ne te dis que ça : je ne le souffrirai pas.
L'un vaut l'autre. Je ne me laisserai pas donner congé
comme ça.

ROSE, *blême, changée, lointaine.*

Qu'est-ce que vous dites ? Et d'abord qui êtes-vous?

STRECKMANN

Qui je suis? Tonnerre de Dieu! Tu le sais bien.

ROSE

Je ne vous connais pas.

STRECKMANN

Tu ne me connais pas? Paie-toi la tête des autres, si tu
veux, mais pas la mienne.

ROSE

Non, je ne vous connais pas. Qu'est-ce que vous pré-
tendez?

STRECKMANN

Que le diable t'emporte! Ne crie pas comme ça.

ROSE

Si vous ne me lâchez pas, tout de suite, j'appelle au
secours.

STRECKMANN

Rappelle-toi le cerisier, et ce que j'y ai vu.

ROSE

Mensonge! Qui êtes-vous? et qu'est-ce que vous préten-
dez? Ou vous allez me laisser, ou, je le répète, j'appelle
au secours, de toutes mes forces.

STRECKMANN

Tu as perdu l'esprit.

ROSE

J'en ai assez de vous avoir tout le temps sur les talons.
Je vous dis que vous mentez. Vous n'avez rien vu. Et si
vous ne partez pas, je crie, j'ameute tout le pays.

STRECKMANN, *effrayé*.

C'est bon. Tais-toi. Je m'en vais.

ROSE

Mais tout de suite. C'est compris? Tout de suite.

STRECKMANN

Oui, oui, tout de suite. Pourquoi pas? Je veux bien. (*Il
fait par dérision le geste d'avoir peur de Rose.*)

ROSE, *affolée de rage*.

Et on laisse en liberté un pareil gredin! Ça se bichonne,
ça fait le beau, et au fond c'est une vermine. Pouah!

STRECKMANN, *se retourne, blême, énigmatique*.

Comment?.... Qu'est-ce que tu dis?... Pas possible!
Pourquoi que tu lui as couru après, à cette vermine?

ROSE

Moi, je l'ai couru après?

STRECKMANN

Tu ne t'en souviens plus?

ROSE

Gredin.

STRECKMANN

Si tu veux.

ROSE

Qu'est-ce que tu as à m'espionner? Qui es-tu? Et qu'est-
ce que tu prétends que j'ai fait? C'est toi qui m'as donné
la chasse, qui t'es pendu à moi, qui m'as mordue et déchi-
rée! Sauvage! Et plus féroce qu'un tigre!

STRECKMANN

C'est toi qui es venue chez moi.

ROSE

Moi?

STRECKMANN, *reprenant.*

Qui es venue chez moi, et qui m'as allumé dans le corps
le feu qui me brûle.

ROSE

Et toi?

STRECKMANN

Eh bien?

ROSE

Toi! Toi!

STRECKMANN

Je ne suis pas de ceux qui crachent sur un bon morceau.

ROSE

Streckmann!... Ecoute, il viendra un jour où le bon
Dieu te jugera. Tu le sais, pourquoi j'ai été te voir. J'étais
folle. Je mourais de peur que tu parles à Auguste. Je me
suis traînée à genoux devant toi. Tu n'as pas eu pitié.
Tu m'as prise de force. Tu as commis un crime.

STRECKMANN

Oui, oui, reparlons-en.

ROSE

Je te crache au visage.

STRECKMANN

Rappelle-toi le cerisier, et ce que j'y ai vu.

ROSE

Tu avais juré de n'en plus parler, jamais. Et voilà que
tu recommences à me poursuivre! Qu'est-ce que tu veux?

STRECKMANN

Je vaux autant que Flamm. Pourquoi que tu retournes
avec lui?

ROSE

Et quand même! Ça ne te regarde pas, bandit.

STRECKMANN

C'est ce qu'on verra.

ROSE

Toi, tu as employé la force. Tu m'as rendue folle. Tu m'as brisée. (*Bernd et Auguste arrivent l'un derrière l'autre. Ils ont entendu ces dernières paroles. Puis surviennent les moissonneurs et les femmes.*)

BERND, *droit à Streckmann.*

Quoi? Qu'est-ce qu'il y a? Qu'est-ce que tu lui fais?

AUGUSTE, *l'écartant.*

Moi, père. Laissez-moi. (*A Streckmann.*) Il demande ce que tu fais à Rose.

STRECKMANN

Rien.

BERND, *revenant par devant.*

Qu'est-ce que tu lui as fait?

STRECKMANN

Rien, je vous dis.

AUGUSTE, *revenant par devant.*

Tu vas dire tout de suite ce que tu lui as fait.

STRECKMANN

Demande ça au diable.

AUGUSTE

Tu vas le dire... Ou bien...

STRECKMANN

« Ou bien? »... Achève... Mais bas les pattes! Lâche-moi.

KLEINERT, *veut les séparer.*

Eh! là.

STRECKMANN

A bas les pattes ! (*Il se dégage.*)

BERND

Il faut que tu répondes.

AUGUSTE

Qu'est-ce que tu lui as fait ?

STRECKMANN, *prend peur et recule au poirier.*
Ils veulent me tuer.

AUGUSTE

Qu'est-ce que tu as fait à Rose ? Je veux le savoir.
Réponds. (*Il s'est rapproché, menaçant, de Streckmann, qui prend son élan et lui donne un coup de
poing en plein visage*).

STRECKMANN

La voilà, ma réponse. Voilà ce que je peux faire.

KLEINERT

Streckmann !

LA VIEILLE FRITSCH, *en même temps.*
Tenez Auguste. Il tombe.

BERND, *à Streckmann, sans voir Auguste.*
Tu rendras compte de ça, et de tout le reste.

STRECKMANN, *s'en allant.*
La sale histoire ! Et tout ça pour une fille qui couche
avec tout le monde. (*Il disparaît.*)

BERND

Qu'est-ce que tu dis ? (*Kleinert, Fritsch, la Grande,
Hahn et la vieille Fritsch ont soutenu Auguste, qui a
presque perdu connaissance.*)

LA VIEILLE FRITSCH

Père Bernd ! Voyez Auguste. Il a un mauvais coup.

KLEINERT

Le pauvre garçon!

BERND

Hein? Quoi? Ah! Seigneur. (*Près d'Auguste.*) Auguste?

AUGUSTE, *gémissant.*

Ma tête! Mon œil!

BERND

Rose, de l'eau!

LA VIEILLE FRITSCH

Quel malheur tout de même!

BERND

Tu n'entends pas, Rose? De l'eau. (*La Grande en apporte.*)

LA VIEILLE FRITSCH

Ça lui vaudra bien six mois de prison.

LA PETITE

Rosine!

ROSE, *revenant à peine à elle.*

Quoi?... Qu'est-ce qu'ils veulent?... Ah! oui, oui,... depuis Noël... C'est depuis Noël que je l'attends, le pauvre petit.

LA PETITE

Rose, tu rêves!

ROSE

On ne peut le dire à personne. Non, vois-tu, la Petite, il n'y a pas moyen... Il faudrait avoir une mère...

ACTE IV

Le même décor qu'au second acte. — Un samedi après-midi
au commencement du mois de septembre. — Au bureau, est
assis Flamm, occupé à des comptes. — Non loin de la porte
d'entrée, Streckmann se tient debout.

FLAMM

Ainsi, d'après votre compte, il vous revient encore deux
cent six marks, trente pfennigs.

STRECKMANN

Parfaitement, monsieur Flamm.

FLAMM

Qu'est-ce qu'il y a donc eu à la machine? Le travail a
été arrêté une demi-journée?

STRECKMANN

Il n'y a rien eu. La machine est bonne. Mais j'étais cité
devant le juge.

FLAMM

Pour l'affaire... l'affaire Auguste Keil?

STRECKMANN

Tout juste. En plus, je suis poursuivi par le père Bernd,
pour diffamation. Pour sa fille. (*Flamm a pris de l'argent dans un tiroir particulier, et il le compte sur la
grande table.*)

FLAMM

Voici donc deux cents... deux cent six marks, cinquante pfennigs. Il me revient vingt pfennigs. (*Streckmann empoche l'argent, et rend vingt pfennigs.*)

STRECKMANN

Alors, monsieur Flamm, en voilà pour jusqu'au quinze décembre.

FLAMM

Pour deux jours. Mais plutôt au commencement du mois. Je viderai la grange.

STRECKMANN

Le premier décembre, si vous voulez, monsieur Flamm. Adieu.

FLAMM

Adieu, Streckmann... Dites-moi donc : qu'est-ce qui va en arriver de votre affaire? (*Streckmann s'arrête et hausse les épaules.*)

STRECKMANN

Peuh! Il n'arrivera rien.

FLAMM

Comment ça?

STRECKMANN

Pourquoi me condamnerait-on?

FLAMM

Ah! comme un rien, souvent, a des suites regrettables! A propos de quoi en êtes-vous ainsi venus aux mains?

STRECKMANN

Ma foi, je serais bien embarrassé de le dire. Je n'en sais rien. Ils me sont tombés dessus, comme deux boules-dogues déchaînés. J'ai cru qu'il y allait de ma vie. Si je n'avais pas cru ça, je n'aurais pas eu la main si dure.

FLAMM

Il n'y a pas eu moyen de sauver l'œil?

STRECKMANN

Non, il paraît qu'il n'y voit plus. Ça fait pitié. Mais que voulez-vous que j'y fasse? Ce n'est pas de ma faute.

FLAMM

Ces aventures-là sont déjà fort pénibles en elles-mêmes, et à plus forte raison quand la justice s'en mêle. C'est surtout pour la pauvre fille que ça me fait de la peine.

STRECKMANN

Moi aussi. J'en suis malade. Mais pour ce qui est d'avoir dit qu'elle couche avec tout le monde, ça, il n'y a pas, je ne peux pas me le rappeler. Et, Auguste non plus, je n'avais rien contre lui. Je vous dis que je n'y comprends rien.

FLAMM

Vous devriez aller trouver le père Bernd. Si vous avez offensé sa fille sans en avoir conscience, vous n'avez qu'à retirer vos paroles, c'est bien simple.

STRECKMANN

Oh! c'est son affaire. S'il se doutait des conséquences, il retirerait sa plainte. Et il devrait y avoir quelqu'un pour lui dire que ce n'est pas un service qu'il rend à sa fille, de me poursuivre. Voilà! Adieu, monsieur Flamm. (*Il sort.*)

FLAMM

Adieu. (*Seul, très surexcité.*) Et dire qu'on ne peut pas étrangler un garnement comme ça! (*Entre madame Flamm, que la servante amène du cabinet de chasse.*)

Mme FLAMM

Qu'est-ce que tu as donc à grogner encore? (*Elle fait signe à la servante de sortir; puis, quand Minna est sortie.*) Tu as des ennuis?

FLAMM

Mais non.

Mme FLAMM

C'est Streckmann qui était là?

FLAMM

Le beau Streckmann! Oui, c'était le beau Streckmann.
(*Agacé.*) Laisse-moi, je fais des comptes.

Mme FLAMM

Je te dérange?

FLAMM

Non, mais laisse-moi compter. (*Un silence; puis tout
à coup Flamm éclate.*) Tonnerre de Dieu, ce qu'on voudrait attraper un fusil, et l'abattre, ce misérable! Ça serait
une bonne action, et justifiée d'avance.

Mme FLAMM

Tu me fais peur.

FLAMM

Que veux-tu! Quand on se trouve en présence de pa-
reilles brutes, on a beau en avoir vu de toutes les couleurs,
on n'en revient pas.

Mme FLAMM

Qu'est-ce qui te met comme ça en colère?

FLAMM, *se remettant à écrire.*

Je parle... en général.

Mme FLAMM

Je me figurais qu'il s'agissait de Streckmann. Vois-tu,
Gottlieb, moi... cette histoire-là ne me sort pas de la tête.
Si je te voyais... un peu disposé, je voudrais une bonne
fois t'en parler.

FLAMM

De Streckmann? Il ne m'intéresse pas.

Mme FLAMM

Il ne s'agit pas de lui, mais du père Bernd, et aussi de
Rosine. Pense donc, pour la pauvre fille, c'est terrible. Si

je n'étais pas rivée à mon fauteuil, il y a longtemps que j'aurais été la voir. Elle ne vient plus.

FLAMM

Toi ? tu serais allée chez Rose ? Pour quoi faire ?

Mme FLAMM

Eh bien ! voyons, Gottlieb ! Rose n'est pas la première venue. Elle est mêlée à un procès. Il faut voir. Il faut l'aider.

FLAMM

Si tu veux. Fais ce que tu crois de ton devoir. Ça ne l'avancera à rien.

Mme FLAMM

Qu'est-ce qui te fait croire ça ?

FLAMM

D'abord il ne faut jamais se mêler des affaires des autres. On n'y récolte que des ennuis et de l'ingratitude.

Mme FLAMM

Tant pis ! Les ennuis on les supporte ; et l'ingratitude, on sait qu'il faut s'y attendre. Mais cette petite Rose, vois-tu,... je l'ai toujours un peu regardée comme mon enfant...

FLAMM

Je veux bien. Mais alors, quoi ? Quels sont tes projets ? Moi, je ne vois pas du tout.

Mme FLAMM

D'abord, je voudrais te faire une question.

FLAMM

A propos de quoi ?

Mme FLAMM

A propos de rien. D'ordinaire, je ne me mêle pas de tes affaires. Mais aujourd'hui, je voudrais te demander : qu'est-ce que tu as depuis quelque temps ?

FLAMM

Moi ?... Je croyais que tu voulais me parler de Rose Bernd.

Mme FLAMM

C'est de toi d'abord que je veux parler.

FLAMM

Eh bien ! non, la mère, épargne-toi ce souci-là : ne t'occupe pas de moi.

Mme FLAMM

C'est facile à dire. Mais quand on est forcée, comme moi, de rester à ne rien faire, et qu'on voit aller et venir autour de soi un homme inquiet et qui ne dort pas la nuit, qui pousse des soupirs sans s'arrêter ; et que par hasard cet homme est votre mari, il est tout naturel qu'on se demande ce qu'il a.

FLAMM

Mais non, je te dis, tu es folle. Tu vas me rendre ridicule. Des soupirs ! Et puis quoi encore? Je ne suis pas un petit jeune homme.

Mme FLAMM

Non, non, Gottlieb, tu voudrais m'échapper, mais je m'en tiens à ce que j'ai dit : tu me caches quelque chose.

FLAMM, *haussant les épaules.*

Si tu veux. Mais alors, tu sais — tu me connais — si je te cache quelque chose, il ne faut pas me demander quoi. Je suis comme ça : quand le monde entier s'en mêlerait, on ne me ferait rien dire. (*Faisant craquer ses doigts.*) On a bien assez, chacun, de ses ennuis. Hier, il m'a fallu mettre à la porte un garçon de la distillerie, et avant-hier j'ai envoyé un brasseur au diable. Et puis enfin, même sans tout ça, une vie comme celle que je mène ici suffirait à elle seule à donner le spleen.

Mme FLAMM

Procure-toi de la société. Va à la ville.

FLAMM

Pour quoi faire? Aller au cercle? Jouer aux cartes? Ça me fera une belle jambe! Ce n'est pas ça qui me fera sortir de mon trou. Ici, au moins, je peux chasser. Dommage, seulement, que ce soit là un plaisir un peu usé.

Mme FLAMM

Tu vois que j'avais raison: tu es changé, de fond en comble.

FLAMM

Moi? changé?

Mme FLAMM

Il y a seulement deux, trois mois, tu n'étais pas comme ça. Je te voyais toujours content: aller à la chasse, empailler tes oiseaux, faire de la botanique, ranger tes collections. Et tu chantais, toute la journée. Ça faisait plaisir de te voir. Maintenant, nous en sommes loin.

FLAMM

Si seulement nous avions gardé notre petit Charles.

Mme FLAMM

Alors, qu'en penses-tu? Si nous prenions un enfant, pour l'adopter!

FLAMM

Adopter? un enfant?... Ah! non, la mère, je ne pourrais pas. Dans le temps, tu n'as pas pu t'y décider. Aujourd'hui, pour moi, le moment est passé.

Mme FLAMM

Oui, je comprends. A moi aussi, d'abord, rien que cette pensée-là, ça m'avait paru... comme une trahison. Une trahison envers notre petit Charles. Il me semblait — comment dire? — que c'était finir de le chasser de la maison, de sa chambrette, de son petit lit, — et de notre cœur à

nous... Et puis encore — je devine ce que tu penses — où
trouver un enfant dont on puisse croire qu'on sera content
de l'avoir?... Enfin, c'est bon, pour l'instant laissons ça
de côté. Reparlons de Rose. Tu sais où elle en est?

FLAMM

Eh bien... oui... pourquoi pas? Streckmann l'a diffamée,
et le vieux Bernd a porté plainte, — ce qui est d'ailleurs
une folie : c'est toujours la femme qui finit par en pâtir.

Mme FLAMM

Je lui ai écrit deux ou trois fois, à Rose, qu'elle vienne
me voir. Dans sa situation, la malheureuse, elle ne doit
plus savoir où donner de la tête.

FLAMM

Pourquoi ?

Mme FLAMM

C'est qu'il y a du vrai dans ce qu'a dit Streckmann.

FLAMM, *ahuri*.

Quoi donc, la mère ?... Explique-toi plus clairement.

Mme FLAMM

Ne te fâche donc pas tout de suite. Oui, je ne t'avais
rien dit : je sais que tu ne plaisantes pas là-dessus. Rappelle-toi la petite servante que tu as chassée pour ça, et le
garde que tu as roué de coups. Il y a longtemps que Rose
m'a tout avoué, plus de deux mois. Maintenant, vois-tu,
il ne s'agit plus seulement d'elle seule. Il y a un autre
petit être dont il faut se préoccuper. Le petit être qui va
venir...

FLAMM, *égaré*.

Qui va venir...

Mme FLAMM

Mais oui, voyons, tu me comprends?

FLAMM, *oppressé*.

Non... Pas très bien, je t'avoue... Vois-tu, la mère,

je... je... voilà... j'ai quelquefois... comme des étourdis-
sements... Et justement... tout de suite... ce n'est pas
drôle... C'est comme une espèce de vertige... Et alors...
Mais non, ça ne fait rien. Je n'ai qu'à respirer. Il faut que
j'aille... que j'aille respirer... Ne t'inquiète pas, la mère,
ce n'est rien.

Mme FLAMM, *avec ses lunettes.*

Qu'est-ce que tu veux en faire, de la boîte de cartouches?

FLAMM

Rien. Rien du tout. Qu'est-ce que tu veux que j'en
fasse? (*Il repose la cartouchière qu'il avait prise
inconsciemment.*) On vit dans son coin, on ne sait rien,
et tout à coup on apprend des choses!... Ça vous casse
bras et jambes.

Mme FLAMM, *méfiante.*

Pourquoi? Qu'est-ce que tu as?

FLAMM

Mais rien du tout, la mère. Je n'ai rien. Absolument
rien. Et même dans ma tête ça se remet, ça va mieux.
Seulement voilà, j'ai... j'ai quelquefois jusqu'à l'angoisse
le sentiment... qu'il n'y a rien de sûr au monde, que l'on
passe sa vie à marcher... au bord de précipices, qu'on ne
voit pas, et qu'on va y tomber, se briser la tête.

Mme FLAMM

C'est étrange, ce que tu dis! (*On frappe à la porte.*)
Qui est-ce qui frappe? Entrez.

AUGUSTE, *encore invisible.*

Ce n'est que moi, madame, Auguste Keil.

FLAMM

Keil! (*Il disparaît vivement dans le cabinet de
chasse.*)

Mme FLAMM

Ah! c'est vous, monsieur Keil. Entrez donc. (*On voit*

maintenant tout à fait Auguste Keil. Il est encore plus pâle qu'autrefois, plus exténué, et il entre presque craintivement.

AUGUSTE

Excusez-moi, madame. Bonjour, madame.

Mme FLAMM

Bonjour, monsieur Keil.

AUGUSTE

Ma fiancée était convoquée chez le juge, et elle y est partie. Sans ça, elle serait venue elle-même. Peut-être d'ailleurs qu'en revenant elle passera par ici.

Mme FLAMM

Il y a assez longtemps que je désire la revoir. Ça me fera plaisir. Mais vous, comment ça va? Asseyez-vous.

AUGUSTE

Le bon Dieu sait ce qu'il fait. Quand il vous éprouve, il ne faut pas se révolter. Au contraire, il faut s'en réjouir. C'est pour ça, voyez-vous, madame, que je peux dire maintenant : ça va bien. Et quand même il m'en arriverait de cent fois plus dures! Tant mieux! Là-Haut, j'en serai récompensé.

Mme FLAMM, *respirant péniblement.*

Je souhaite que vous ayez raison... Rose a bien reçu mes lettres?

AUGUSTE

Oui, et elle me les a fait lire. C'est moi qui lui ai dit... que ça n'était pas bien : qu'elle ne peut pas refuser de venir vous voir.

Mme FLAMM

Je dois vous avouer, mon ami, qu'après les derniers événements surtout je suis tout à fait surprise qu'elle ne soit pas revenne. Elle sait pourtant bien que je prends part à sa peine.

AUGUSTE

C'est que, voyez-vous, madame, depuis cette affaire-là, justement, elle est devenue tout à fait farouche. Il ne faut pas lui en vouloir. D'abord, je lui ai pris beaucoup de temps : c'est elle qui m'a soigné ; et si bien soigné ! Que le bon Dieu l'en récompense ! Et il n'y a pas que ça : depuis que cet individu l'a injuriée si grossièrement, elle n'ose plus sortir.

Mme FLAMM

Je ne lui en veux pas. Mais comment va-t-elle ? Qu'est-ce qu'elle fait ? Qu'est-ce qu'elle dit ?

AUGUSTE

Ah ! madame, voyez-vous... ce n'est pas facile à expliquer. Il y a un instant je vous disais qu'elle a été appelée chez le juge. Quand elle a reçu le papier, c'était à croire qu'elle devenait folle. Ça vous serrait le cœur, tellement elle disait de choses qui n'avaient pas de sens. D'abord, elle ne voulait pas y aller. Après, elle disait que j'irais avec elle. Et puis, tout d'un coup, quand l'heure est venue, elle a disparu, comme une lampe qu'on souffle, en me criant de la laisser aller toute seule. Il y a des jours où du matin au soir elle ne fait que pleurer... Naturellement, ça donne à réfléchir.

Mme FLAMM

Et... qu'est-ce que vous pensez ?

AUGUSTE

Toutes sortes de choses. D'abord, qu'il y a un malheur sur moi. Elle me l'a dit plus d'une fois ; et je vois bien que ça la ronge. Et puis elle voit aussi son père qui a pris ça à cœur, avec rage...

Mme FLAMM

Voyons, monsieur Keil, nous sommes entre nous : par-

lez-moi franchement. Il ne vous est jamais venu à l'idée,
à vous ou au père Bernd — à propos de l'affaire Streckmann — de soupçonner cette pauvre Rose?

AUGUSTE

Ça, madame, je ne veux pas y penser.

Mme FLAMM

Après tout, c'est juste. Souvent, ce qu'on a de mieux à
faire, c'est d'imiter l'autruche qui se cache la tête dans le
sable pour ne rien voir. Seulement... le père Bernd n'a pas
les mêmes raisons...

AUGUSTE

Pour ce qui est de lui, il est tellement loin de croire
qu'il puisse y avoir quelque chose de vrai là-dedans qu'il
en mettrait sa main au feu. Sévère comme il l'est, vous
comprenez... qu'il ne puisse pas y croire. M. Flamm
aussi a été le voir, lui conseiller de retirer sa plainte...

Mme FLAMM, avec agitation.

Qu'est-ce qui a été le voir?

AUGUSTE

M. Flamm.

Mme FLAMM

Mon mari?

AUGUSTE

Oui, madame. Ils ont longtemps parlé. Mais le père
Bernd, il n'y a pas moyen de le faire revenir de son idée
de justice. Il dit : « Demandez-moi tout, excepté ça. »

Mme FLAMM

Mon mari est allé chez le père Bernd?

AUGUSTE

Après avoir reçu l'assignation.

Mme FLAMM

Quelle assignation?

AUGUSTE

A se présenter chez le juge, qui fait l'instruction.

Mme FLAMM, *plus agitée.*

Voyons, c'est de l'assignation qu'a reçue le père Bernd, que vous parlez?

AUGUSTE

Mais... non, madame... de l'assignation... qu'a reçue monsieur Flamm

Mme FLAMM

On l'a aussi convoqué? (*Mouvement d'Auguste.*) Pourquoi? Cette affaire-là ne le regarde pas.

AUGUSTE, *après un silence, avec embarras.*

On l'a aussi convoqué.

Mme FLAMM, *tremblante.*

Ah!... c'est du nouveau. Je n'en savais rien. Lui aussi, chez le juge... Si on l'a convoqué... je comprends maintenant... je devine... je devine tout... Et ensuite chez le père Bernd... en cachette... oui, parbleu... oui... Où est donc mon eau de Cologne?... Tenez, Auguste, rentrez chez vous. Je suis un peu... Je ne sais pas. Il me devient difficile... de vous donner un conseil. Tout d'un coup je suis brisée. Retournez chez vous. Et attendez. Si vous aimez Rose... pensez à ce qui m'arrive. Moi aussi, je peux me plaindre... Quand on a un mari comme celui-là, toutes les femmes se le disputent. Ou bien, si vous voulez, une fille comme elle, tous les hommes en sont fous. Il n'y a qu'à le supporter! Il y a douze ans que je vis comme ça. (*Elle met devant ses yeux sa main, avec ses doigts écartés.*) Et encore aujourd'hui, pour surprendre quelque chose, je n'ai que ça à faire.

AUGUSTE

Je ne peux pas y croire, madame. Je n'y croirai jamais.

Mme FLAMM

Que vous le croyiez, ou non, ça revient au même. Je suis comme vous : je ne peux pas encore le croire, et il faut pourtant que nous voyions à nous en tirer... J'ai donné à Rose ma parole... C'est souvent plus facile à donner qu'à tenir... Enfin! je ferai tout mon possible... Adieu... Je ne peux pas vous réconforter... Que le ciel ait pitié! (*Auguste saisit avec émotion la main que lui tend Mme Flamm; puis il sort en silence.*)

[Mme Flamm, restée seule, laisse tomber la tête sur le dos de son fauteuil, les yeux au ciel, avec égarement. Elle soupire deux fois profondément. — Flamm rentre, très pâle, avec des regards à la dérobée sur sa femme; puis il se met à siffloter en ouvrant la bibliothèque comme pour y chercher quelque chose.]

Mme FLAMM

Oui, oui, tu siffles à propos de tout... Je n'aurais jamais cru ça de toi.

FLAMM, *se retourne et balbutie.*

Euh!... (*Il se tait, regarde sa femme en face, puis lève très haut les deux épaules, ce qui lève un peu les deux mains; et enfin il laisse tout retomber mollement; tout en regardant maintenant à terre, mais simplement et sans embarras, plutôt songeur que soucieux.*)

Mme FLAMM

Ah! vous autres hommes, vous prenez les choses facilement!... Qu'est-ce qui va sortir de là?

FLAMM, *même mouvement que plus haut,
mais moins prononcé.*

Je ne sais pas... Si tu veux... je vais te raconter... te raconter ce qui s'est passé... Peut-être qu'après tu me jugeras... moins sévèrement.

Mme FLAMM, *protestant.*

Moins sévèrement?

FLAMM

Si tu ne peux pas — qu'est-ce que tu veux ! — tant pis !

Mme FLAMM

Une pareille légèreté !

FLAMM

C'est que justement, voilà, ce n'est pas une légèreté. (*Vivement, sur un mouvement de sa femme.*) Maintenant, vois-tu, la mère, si tu aimes mieux que ça en soit une...

Mme FLAMM

Aller briser l'avenir d'une fille... dont nous-mêmes nous étions responsables, qu'on avait attirée à la maison, qu'on voyait en toute confiance! C'est comme si on lui avait tendu un piège! C'est à désespérer.

FLAMM

Tu as fini?

Mme FLAMM

Non, je n'ai pas fini. Il en reste encore à dire !

FLAMM

C'est bon. Je peux attendre.

Mme FLAMM

Qu'est-ce que je t'ai dit, dans le temps, Gottlieb, quand tu es venu me trouver, me demander en mariage?

FLAMM, *ahuri*

Quoi?

Mme FLAMM

Que j'étais beaucoup trop vieille pour toi. Une femme peut avoir quinze ans de moins que son mari. Elle ne doit pas avoir trois ou quatre ans de plus. Si seulement tu m'avais écoutée!

FLAMM

En voilà une idée d'aller rechercher toutes ces vieilles histoires ! Pour l'instant, nous n'avons rien de plus important à faire?... Moi, je n'y vois plus rien. Ce qui arrive à

Rose : cet enfant, — je n'en avais pas la moindre idée.
Sans ça... je ne sais pas ce que j'aurais fait, mais enfin...
j'aurais fait quelque chose. Maintenant, quoi ? Il faut voir.
Et justement pour ça, la mère, je voulais te demander...
d'avoir l'esprit large, de m'écouter t'expliquer, de tâcher
de comprendre.

Mme FLAMM

Et de t'excuser ? Tu sais bien qu'il n'y a pas d'ex-
cuses.

FLAMM

Alors, c'est bon, n'en parlons plus. Seulement, rappelle-
toi... que, pendant bien longtemps..., ça m'a gêné de voir
cette petite envahir la maison. Qui est-ce qui l'a attirée ?
qui est-ce qui la retenait ?

Mme FLAMM

Si je l'ai attirée, c'est que la maison était trop vide
autour de nous. Moi, je n'avais pas besoin d'elle...

FLAMM

Et moi, c'est à cause de toi que j'ai laissé faire.

Mme FLAMM

Dis tout ce que tu voudras : vous autres hommes vous
ne méritez pas les larmes que vous faites répandre. Tais-
toi, va, ça vaudra mieux.

MINNA, apportant le café.

Rose Bernd est à la cuisine.

Mme FLAMM

Viens, ma fille, emmène-moi. (A Flamm.) Tu peux
l'aider. Tu peux aider à me jeter dans un coin. Car il y
aura encore bien ici un coin pour moi. Je ne veux pas
vous gêner. Quand je serai sortie, tu la feras venir.

FLAMM, à Minna, avec autorité.

Dis à Rose qu'elle attende un instant. (Minna sort.)

Ecoute, la mère, il faut que tu lui parles. Moi, je ne peux pas, j'ai les mains liées.

Mme FLAMM

Qu'est-ce que tu veux que j'aille lui dire ?

FLAMM

Eh ! tu le sais mieux que moi... Tout à l'heure, toi-même, tu disais... Voyons, ce ne sera pas le seul instant de ta vie où tu aies manqué de pitié ? On ne peut pas la renvoyer comme ça.

Mme FLAMM

Je ne peux pourtant pas la servir à genoux, lui cirer ses souliers.

FLAMM

Il n'est pas question de ça : on ne te demande pas de lui cirer ses souliers. Mais, voyons, c'est toi qui l'as fait venir. Tu me disais que si on l'abandonne, elle est perdue. Eh bien ! si elle est perdue, — je ne suis pas une crapule, moi ! — est-ce que je pourrais encore vivre après ? Il n'y a pas à choisir.

Mme FLAMM

Ah ! Gottlieb ! tu ne le mérites pas. Mais quoi faire ? Le cœur vous saigne. Qu'est-ce que tu veux... oui, je vais lui parler. Mais ce n'est pas pour toi. C'est seulement .. parce que c'est juste. Et ne t'imagine pas que je vais pouvoir refaire ce que tu as brisé... Vous autres, hommes, vous êtes comme des enfants, vous jouez avec tout...

MINNA, rentrant.

Rose dit qu'elle ne veut plus attendre.

Mme FLAMM

Envoie-la moi. (Minna sort.)

FLAMM

Et puis, tu sais, la mère, parole d'honneur...

Mme FLAMM, l'interrompant.

Ne donne donc pas de parole d'honneur : ça t'évitera

d'avoir à y manquer. (*Flamm sort. M*^me* Flamm soupire, relève sa broderie. Puis, bientôt, entre Rose, en habits des dimanches, les traits contractés, un éclat maladif dans le regard.*)

ROSE

Bonjour, madame.

Mme FLAMM

Assieds-toi. Bonjour... Voilà : je t'ai fait venir... Tu te rappelles ce que je t'ai dit dans le temps... Depuis, il y a du nouveau, à beaucoup de points de vue... Je voulais te reparler une bonne fois... Tu m'avais dit que je ne pouvais pas te venir en aide. Maintenant, je comprends pourquoi tu disais ça. Mais que tu puisses te tirer d'affaire toute seule comme tu le prétendais, ça... je ne vois pas encore. Approche. Bois une tasse de café. (*Rose prend place sur un coin de chaise, près de la table aux tasses.*) Je viens de voir Auguste. Si j'avais été à ta place, ma fille, il y a longtemps que je lui aurais dit la vérité. (*La regardant droit dans les yeux.*) Maintenant, je n'ai plus le droit de te conseiller de la lui dire?

ROSE

Ah! madame, pourquoi? Tout serait arrangé, tout serait fini, s'il n'y avait pas un bandit, un menteur, comme Streckmann.

Mme FLAMM

Je ne te comprends pas, ma fille. Comment peux-tu dire qu'il ment? Il n'y a qu'à te regarder : ça se voit.

ROSE

Il ment. Il ment. C'est tout ce que je peux répondre.

Mme FLAMM

En quel sens dis-tu qu'il ment?

ROSE

Il ment de toutes façons. Il ne fait que mentir.

Mme FLAMM.

Voyons, Rose, tu n'y es pas. Qui est-ce que tu as devant toi ? Rappelle-toi : tu me l'as avoué. De plus, je sais maintenant aussi des choses que tu ne m'as pas avouées.

ROSE, *frissonnante, tremblante, butée.*

Et quand même on me tuerait sur place, je ne sais que ce que je viens de dire.

Mme FLAMM

Ah !... Voilà tes façons maintenant ! Je n'aurais pas cru... Je n'aurais pas cru ça de toi... Je suppose que quand le juge t'a interrogée, tu lui as répondu plus clairement.

ROSE

Je lui ai dit la même chose.

Mme FLAMM

Un peu de raison, ma fille. Tu ne dis plus que des folies. Il n'est pas possible que tu aies ainsi divagué devant le juge. Ecoute-moi. Bois une gorgée de café. N'aie pas peur. Il n'y a personne qui te poursuive, et je ne t'avalerai pas... Tu n'as pas bien agi avec moi, il faut en convenir. Enfin... tout ce que je peux t'affirmer... c'est que tu peux être tranquille : on ne te fera pas de misères... Et quand même ton père et Auguste t'abandonneraient,... on prendra soin de toi et de ton enfant.

ROSE

Je ne sais pas ce que vous voulez dire, madame.

Mme FLAMM

Oh ! alors... si tu ne sais pas, si tu ne veux plus savoir... C'est donc que tu aurais autre chose sur la conscience ?... Et si tu as un secret,... ça ne peut être qu'avec Streckmann. C'est lui qui te rend si malheureuse !

ROSE, *violemment.*

Non, madame. Comment pouvez-vous avoir de ces idées-là ! Je ne l'ai pas mérité... Si seulement le petit

Charles était là!... (*Elle se tord les mains hystérique-*
ment devant le portrait de l'enfant.)

Mme FLAMM

Ah! non, Rose, pas de ces manières-là, je t'en prie...
Comme tu es changée! C'est incroyable comme tu n'es
plus la même!

ROSE

Avec Streckmann, je n'ai rien. Et il ment, le misérable,
à la face du ciel.

Mme FLAMM

Quel mensonge? Chez le juge? Sous la foi du serment?

ROSE

Qu'il ait prêté serment ou non, je m'en moque.

Mme FLAMM

A toi aussi on t'a fait prêter serment?

ROSE

Je ne sais pas... Je ne suis pourtant pas une méchante
fille... Ça serait un crime... Si Auguste a perdu son œil,
ce n'est pas de ma faute... Ça ne me quitte pas de l'esprit...
Ce qu'il lui a fallu souffrir!... Il n'aurait plus qu'à me
cracher au visage si c'était de ma faute. Mais on est là, on
fait tout ce qu'on peut pour sauver encore quelque chose
de tout ce qui croule, et tout le monde vous écrase.

FLAMM, *rentre, violemment surexcité.*

Qui est-ce qui t'écrase? Regarde donc la mère. Au contraire, on veut te sauver.

ROSE

Il est trop tard. Ce n'est plus possible.

FLAMM

Ce qui veut dire?

ROSE

Rien. Je ne peux plus rester. Je suivrai mon chemin.

FLAMM

Tu vas rester, ne pas bouger d'ici. J'ai entendu, derrière la porte. Maintenant, je veux toute la vérité.

ROSE

Je dis la vérité.

FLAMM

La vérité sur Streckmann.

ROSE

Il n'y a rien eu entre nous. Il ment.

FLAMM

Il le dit, lui, qu'il y a eu quelque chose entre vous!

ROSE

Je n'ai que ça à répondre : il ment.

FLAMM

Il l'a dit, devant le juge, sous la foi du serment? (*Rose se tait. Flamm, après l'avoir regardée fixement, et enfin refroidi.*) Eh bien! maintenant, vois-tu, la mère, toi, si tu peux, tu me pardonneras. Quant à cette affaire-là, je ne vois plus qu'une chose, mais elle est claire : c'est que ça ne me regarde plus. Je n'ai plus qu'à sourire et hausser les épaules.

Mme FLAMM, *à Rose.*

Tu as nié tout devant le juge? (*Rose se tait.*)

FLAMM

Prêter serment : il y va de la prison, et pour longtemps. J'ai été obligé de dire la vérité. Et Streckmann non plus n'a pas menti. On ne ment pas dans ces cas-là.

Mme FLAMM, *à Rose.*

Et toi, tu n'as pas dit la vérité? Tu ne sais donc pas à quoi tu t'exposes? Mentir, après avoir prêté serment! Comment une pareille idée a-t-elle pu te venir?

ROSE, *enfin brisée, laisse échapper ces seuls mots :*
J'ai eu honte.

Mᵐᵉ FLAMM

Voyons, Rosine...

FLAMM

Pourquoi as-tu menti?

ROSE

J'ai eu honte. J'ai eu honte.

FLAMM

Mais à moi, à la mère, à Auguste, à tous, pourquoi as-tu menti? A Streckmann aussi sans doute! Et à qui encore? Il y en a eu d'autres? (*Rose regarde Flamm avec de grands yeux pleins d'épouvante.*) Ah! oui, ma fille, tu as une bonne figure, mais c'est avec raison que tu as eu honte.

Mᵐᵉ FLAMM, *à Rose.*

La chose en reste à ce que j'ai dit : on prendra soin de toi et de ton enfant.

ROSE, *sans bouger, et comme mécaniquement, la voix comme un souffle.*

J'ai eu honte! J'ai eu honte!

Mᵐᵉ FLAMM

Rose! Tu entends ce que je te dis? (*Rose brusquement s'enfuit*). Rose!... Elle est partie?... C'est à désespérer.

FLAMM, *profondément ému, et avec un sanglot à peine contenu.*

Que Dieu me pardonne, la mère!... Voilà!

ACTE V (1)

La salle principale dans la petite maison du vieux Bernd.
Murs en grisaille. Plafond aux poutres blanchies. Au fond, une
porte sur la cuisine. A gauche, une porte sur l'antichambre. A
droite, deux petites fenêtres. Entre ces deux fenêtres une
commode jaunie, sur laquelle il y a une lampe à pétrole, qui
n'est pas allumée. Au-dessus, au mur, est suspendue une glace.
Dans le coin, à gauche, le poêle. Dans le coin, à droite, un
sofa recouvert d'une toile cirée; une table avec un tapis, et
au-dessus une suspension. Au-dessus du sofa, une gravure
biblique : « Laissez venir à moi les petits enfants » et quelques
photographies : Bernd en soldat, Bernd avec sa femme, etc.
A gauche, au premier plan, une vitrine avec des tasses à
fleurs, des verres, etc. Sur la table, un crucifix. Sur la commode, une Bible. Au-dessus de la porte d'entrée, une pein-
ture à l'huile : « le Christ avec la couronne d'épines ». Sur le
plancher, de petites carpettes. Aux fenêtres, des rideaux de
mousseline. Bien rangées, chacune à leur place, quatre ou cinq
chaises de bois, jaunes. Impression générale : glacial et propre.
Sur l'armoire, quelques Bibles et des livres d'église.

Il est environ sept heures du soir, du même jour qu'au quatrième acte. Les deux portes, sur le corridor et sur la cuisine,
sont ouvertes. Il fait presque nuit. — On entend des voix au
dehors. Puis, on frappe plusieurs fois aux carreaux. Ensuite
Kleinert appelle, de l'autre côté de la fenêtre.

KLEINERT, *invisible.*

Bernd? Il n'y a donc personne à la maison? On va

(1) Voir, à l'appendice, page 110, le texte du cinquième acte tel qu'il
a été représenté à Paris, sur le Théâtre de la Porte-Saint-Martin.

entrer par la porte de derrière. (*Un silence. Bientôt, on entend des voix et des pas dans l'antichambre. Puis enfin on aperçoit Kleinert et Rose Bernd, celle-ci visiblement épuisée, et Kleinert soutenant ses pas.*)

ROSE, *faiblement, péniblement.*

Il n'y a personne. Il fait nuit.

KLEINERT

Je ne peux pas te laisser comme ça.

ROSE

Mais pourquoi pas? Je n'ai besoin de rien.

KLEINERT

C'est à d'autres qu'il faut dire ça. Une fille qui était tombée par terre, qui ne pouvait plus se relever!

ROSE

C'est un moment de vertige que j'ai eu... Je vous assure. Maintenant, ça va... Je n'ai plus besoin de vous.

KLEINERT

Je ne le vois pas, que ça va.

ROSE

Mais si, père Kleinert. Et je vous remercie. J'ai tout ce qu'il me faut. Je suis tout à fait remise. Ça me vient quelquefois comme ça. Et puis ça passe. Ce n'est rien.

KLEINERT

Tu étais comme une morte derrière les saules. Tu te traînais comme un ver.

ROSE

Kleinert, continuez votre chemin. Je vais allumer, et faire du feu. Continuez votre chemin. Ils vont revenir tout de suite, pour le souper... Ah! Jésus! je suis si lasse, si affreusement lasse! Personne ne pourrait le croire!

KLEINERT

Et tu veux allumer le feu? En voilà une idée! Ta place est dans ton lit.

ROSE

Allez, Kleinert, continuez votre chemin. Le père.. et puis Auguste,... il ne faut pas qu'ils sachent... Surtout, n'est-ce pas? ne me faites pas ça.

KLEINERT

Je ne veux rien te faire de mal.

ROSE

Oh! oui, je sais. Vous avez toujours été si bon : ne leur en parlez pas. (*De la chaise qui est à droite près de la porte, et où elle était tombée assise en entrant, elle s'est levée. Elle a pris une bougie derrière le poêle et l'a allumée.*) Maintenant que me voilà rentrée... vous pouvez être tranquille... Je n'ai plus besoin de rien.

KLEINERT

Oui, tu dis ça...

ROSE

Parce que c'est comme ça. (*Marthe revient des champs, pieds-nus, bras demi-nus.*) Et puis, tenez, voilà Marthe.

MARTHE

C'est toi, Rose?... Où as-tu été toute la journée?

ROSE

Il me semble — je l'ai peut-être rêvé — que j'ai été chez le juge.

KLEINERT

Non, elle ne l'a pas rêvé. Elle y a été, vraiment... Veille un peu sur ta sœur, ma petite Marthe. Et tant que ton père ne soit pas rentré, ne la laisse pas toute seule.

ROSE

Vite, Marthe, allume le feu, qu'on puisse mettre les pommes de terre. Où est-il, le père?

MARTHE

Au champ d'Auguste.

ROSE

Et Auguste?

MARTHE

Je ne sais pas. On ne l'a pas vu aujourd'hui.

ROSE

As-tu arraché des pommes de terre?

MARTHE

J'en ai plein mon tablier. (*Elle renverse le contenu de son tablier par terre, derrière l'entrée de la cuisine.*)

ROSE

Porte un plat et un couteau, que je commence à les éplucher. Je ne peux pas aller les prendre.

KLEINERT, *près de la porte de sortie.*

Y a-t-il quelque commission à faire?

ROSE

Où ça?... chez le fossoyeur?... Non, père Kleinert, je n'ai besoin de rien. J'ai ce qu'il me faut.

KLEINERT

Alors, bonsoir.

ROSE

Bonsoir.

MARTHE, *gentiment.*

Vous reviendrez, parrain Kleinert? (*Kleinert secoue la tête, et il sort, la pipe à la bouche, comme toujours. Marthe allume le feu.*) Ça ne va pas, Rosine?

ROSE

Mais si, ça va. (*Les mains jointes au-devant du crucifix, à mi-voix.*) Jésus! aie pitié de moi.

MARTHE

Rose!

ROSE

Eh bien?

MARTHE

Qu'est-ce que tu as?

ROSE

Rien. Apporte-moi le plat et les pommes de terre. (*Marthe, après avoir fait marcher le feu, vient maintenant avec un plat plein de pommes de terre et un couteau.*)

MARTHE

Ah! non, Rosine, tu me fais peur. Quelle mine tu as!

ROSE

Quelle mine puis-je donc avoir? Quoi? est-ce que j'ai quelque chose aux mains, ou du feu dans les yeux? Pour moi, c'est vrai, tout passe comme dans un rêve. (*Elle a un rire pénible.*)

MARTHE

Il t'est arrivé quelque chose?

ROSE

Que le bon Dieu te protège contre ce qui m'est arrivé. Demande-lui plutôt qu'il te fasse mourir. Mourir, oui... ne jamais se réveiller.

MARTHE, *avec anxiété.*

Pourvu que papa revienne bientôt!

ROSE

Marthe, viens ici, écoute-moi. Je vais dans ma chambre.

Il ne faut pas lui dire, au père, que je suis là. N'est-ce
pas, Marthe, tu me le promets?

MARTHE

Il ne faut rien dire au père?

ROSE

Pas le plus petit mot.

MARTHE

A Auguste non plus?

ROSE

Rien. A personne. Ecoute, ma petite Marthe, tu n'as pas
connu maman, c'est moi qui t'ai élevée, qui t'ai soignée,
comme une mère. Si tu me trahis maintenant, je ne te
connaîtrai plus.

MARTHE

Mais, Rosine, y a-t-il quelque chose de mal?... Je veux
dire : un danger?

ROSE

Mais non. Viens, ma petite Marthe, prends-moi, et
soutiens-moi un peu... On est tout de même trop seule au
monde, trop abandonnée! Si seulement on n'était pas si
seule! si seule!

(Rose et Marthe sont sorties par la porte du corridor. La scène
reste vide quelques instants; puis, par la cuisine apparaît le
vieux Bernd. Il dépose à terre un panier, il a un crochet à
arracher les pommes de terre. Il regarde ensuite, gravement,
de tous côtés. Enfin, rentre Marthe.)

MARTHE

C'est vous, père?

BERND

Rose n'est pas là?

MARTHE

Pas encore.

BERND

Quoi? Elle n'est pas revenue de chez le juge? Pas possible! Il est bientôt huit heures... Et Auguste n'est pas venu?

MARTHE

Pas encore.

BERND

Ah! bon : elle sera allée le voir... Allume la lampe, et apporte-moi ma bible. Il faut toujours être en état de grâce, c'est le principal. Y penses-tu quelquefois, Marthe, à la vie d'après? et qu'il faudra paraître devant le Juge éternel. Il y a si peu de gens qui pensent à ça!... Moi, je m'en tiens à ma foi. On a tous besoin du secours d'En-Haut. Il ne suffit pas de bien faire. Si Rose y avait mieux pensé, nous n'aurions peut-être pas autant d'ennuis! (*Le gendarme apparaît dans le cadre de la porte.*) Qui est-ce qui vient là?

LE GENDARME

J'ai une commission à faire à votre fille.

BERND

Ma fille aînée?

LE GENDARME, *lisant.*

Rose Bernd.

BERND

Elle n'est pas encore rentrée. Si ce n'est qu'un papier à lui remettre?

LE GENDARME

Non. J'ai aussi quelque chose à lui demander. Je repasserai demain matin, à huit heures. (*Auguste entre vivement.*)

BERND

Ah! voilà Auguste.

AUGUSTE

Rose n'est pas là?

BERND

Non. Monsieur le brigadier aussi venait la demander. Je croyais qu'avec Rose vous étiez ensemble?

LE GENDARME

Il y a un point où le juge m'a dit de lui refaire une question, à elle. Et puis ce papier, que j'avais à lui faire signer.

AUGUSTE

Toujours et toujours l'histoire Streckmann. Ça ne suffit pas d'y avoir perdu un œil, il faut encore subir tout ça. Ça ne finira donc pas?

LE GENDARME

Bonsoir. A demain matin, huit heures. (*Il sort.*)

AUGUSTE

Marthe, va donc un peu dans la cuisine. (*A Bernd.*) Il faut que je vous parle. (*A Marthe.*) Va, Marthe, et ferme la porte. Ah! tu n'as rien remarqué pour Rose?

MARTHE

Non. Rien. (*Elle lui fait du doigt un signe à la dérobée; et à mi-voix.*) Je veux te dire quelque chose, Auguste.

AUGUSTE

Ferme la porte. Je n'ai pas le temps. (*Il ferme lui-même la porte de la cuisine, puis revient à Bernd.*) Père, il faut retirer votre plainte.

BERND

Tout ce que tu veux, Auguste. Mais ça, c'est impossible.

AUGUSTE

Ce n'est pas chrétien. Il faut retirer votre plainte.

BERND

Je ne le crois pas, que ça ne soit pas chrétien. Car enfin,

7

pourquoi? C'est une infamie d'attaquer ainsi une jeune fille dans son honneur. C'est un crime, et qui mérite d'être puni.

AUGUSTE

Ah! mon Dieu, comment faire!... Vous avez pris la chose avec trop d'emportement.

BERND

Mon honneur l'exigeait. Ma femme me le commanderait de sa tombe. L'honneur de ma maison, de ma fille! Et enfin le tien, ton honneur à toi. J'irai jusqu'au bout. Ne me parle plus de ça. (*Auguste, découragé, s'essuie la sueur du front.*)

AUGUSTE, *après un silence.*

Si seulement on savait où elle est.

BERND

Est-elle seulement revenue de la ville?

AUGUSTE

Un interrogatoire comme ça ne dure pas une journée. Elle devait être rentrée à cinq heures.

BERND

Je croyais que tu aurais été au-devant d'elle?

AUGUSTE

J'y ai été, un bout de chemin. Nous n'aurons pas pris le même. On ne l'a pas vue passer... Et c'est... Streckmann, que j'ai rencontré.

BERND

Tu as donc rencontré le diable.

AUGUSTE

Voyons, père, qu'est-ce que ça peut vous faire qu'il soit condamné? Et puis enfin, vous, un chrétien, vous devez penser qu'il a femme et enfants; et s'il témoigne du repentir...

BERND

Une crapule comme lui! Du repentir?

AUGUSTE

Il le dit.

BERND

Tu lui as parlé?

AUGUSTE

Je ne voulais pas l'écouter; mais j'avais beau marcher, il ne me quittait pas. Il n'y avait personne sur la route. Et à la fin — il n'y a pas à dire — il a fini par me faire pitié.

BERND

Tu lui as répondu?

AUGUSTE, faiblement.

Oui.

BERND

A quoi? Qu'est-ce qu'il disait?

AUGUSTE

Que vous devez retirer votre plainte.

BERND

Je n'aurais plus l'âme en repos, jamais. Ah! s'il ne s'agissait que de moi, ça serait autre chose. J'en supporterais bien d'autres, et ne ferais qu'en rire. Mais il s'agit de ma fille. Et ça, c'est grave. Ils sont tous déchaînés après nous, parce qu'on vit autrement qu'eux; ils ont voulu la guerre; ils seraient contents de nous écraser! Eh bien! oui, ma fille, je l'ai élevée comme ça, dans la crainte de Dieu et l'amour du travail; pour qu'un bon chrétien puisse l'épouser, et fonder avec elle une famille chrétienne. Voilà! Voilà comme je la donne. Et je laisserais un soupçon sur son honneur? Mais alors, mon garçon, j'aimerais mieux mourir de faim que d'accepter de toi la plus petite chose.

AUGUSTE

Père Bernd, le bon Dieu sait ce qu'il veut. Les épreuves

qu'il nous envoie, il sait pourquoi... Je n'aurais jamais
voulu vous le dire ; et s'il y avait eu moyen de vous épargner ça... je vous l'aurais épargné. Mais il n'y a plus
moyen. Il faut vous l'avouer : notre pauvre petite Rose,
elle aussi, elle a été faible.

BERND

Qu'est-ce que tu veux dire ?

AUGUSTE

Comprenez-moi sans m'en demander plus que ça.

(Bernd, qui venait de s'asseoir à la table, le visage vers le
mur, se retourne aux derniers mots d'Auguste, et le regarde
quelques secondes avec de grands yeux étranges. Puis, il se
retourne vers la table, et d'une main tremblante ouvre sa Bible,
dont il tourne les feuillets, tantôt à droite, tantôt à gauche,
avec une surexcitation croissante. Puis, s'arrêtant, il regarde
de nouveau Auguste. Ensuite, il joint les mains sur sa Bible et
y laisse tomber sa tête, pendant que tout son corps tressaille de
mouvements convulsifs. Enfin, il se redresse.)

BERND

Non, je t'ai mal compris... Ou alors... je ne sais pas...
tout tourne autour de moi... J'aurais donc été aveugle et
sourd ? Et je ne suis pas aveugle, ni sourd. Vois-tu,
Auguste, tu t'en es laissé conter par Streckmann. Oui, je
ne pensais pas à ça, tout est bon pour ces gens-là. Il t'a
tendu un piège. Il veut... Parbleu, c'est bien simple, il
veut s'en tirer, n'importe comment. Alors, il a trouvé ce
moyen-là : t'exciter toi-même contre Rose. Seulement,
non, Auguste, non, tu ne vas pas prendre le parti de ce
misérable. On voit trop l'infamie de son moyen. Et moi
je te dis, si tu veux m'écouter, si tu veux que je t'en mette
ma main au feu, que Rose est innocente.

AUGUSTE

M. Flamm aussi a prêté serment.

BERND

Et quand même ils seraient dix, ou encore davantage,

à avoir prêté serment, ils ont fait de faux serments. Ils se sont mis dans la main de la justice. Et ils se sont damnés.

AUGUSTE

Père Bernd...

BERND

Non, attends. Attends encore avant de parler. Tiens, voilà mes livres, mes livres de compte de la paroisse, et de l'œuvre de charité. Je prends mon chapeau; et si c'est vrai, ce que tu dis, s'il y a seulement une ombre de vérité là-dedans, je vais trouver le pasteur, et je lui dis : « Monsieur le pasteur, reprenez tout ça; je n'ai plus le droit d'être rien dans la paroisse; adieu, je quitte le pays; personne ne me reverra plus... » Voilà ce que je lui dis, au pasteur. Maintenant, toi, achève ce que tu veux me conter. Seulement, fais vite : ne t'amuse pas à me faire souffrir.

AUGUSTE

J'ai eu la même pensée que vous. Je veux revendre la maison et le champ que je viens d'acheter. Oui, il faut voir autre part.

BERND, *avec un étonnement indicible.*

Revendre la maison et le champ? Mais alors... alors... Sur ton salut, réponds.

AUGUSTE

N'importe ce qu'il y ait eu, père Bernd, — Rose, je ne l'abandonnerai pas.

BERND

Je ne te demande pas ce que tu feras. Je n'ai pas besoin de savoir si tu aurais le cœur de garder dans ta maison une fille perdue. Moi, non. Je ne suis pas comme ça... Parle. De quoi que vous l'accusez?

AUGUSTE

Ce qui paraît sûr, c'est qu'elle a fait une faute. Est-ce avec Flamm, ou avec Streckmann !...

BERND

Il y en aurait deux ?

AUGUSTE

Je ne peux pas savoir.

BERND

C'est bon. Je m'en irai. Je me cacherai. Comme un pestiféré. (*Il va dans le corridor. Au même instant Marthe vient de la cuisine, fort troublée, et elle court à Auguste avec anxiété.*)

MARTHE

Je crois que Rose, il lui est arrivé un malheur. Elle est en haut. Il y a longtemps qu'elle est rentrée.

BERND, *rentrant.*

Je viens d'entendre du bruit là-haut.

AUGUSTE

C'est Rose. Marthe me le disait.

MARTHE

Je l'entends qui descend l'escalier.

BERND

Que Dieu me pardonne : je ne peux pas la voir.

(Il s'assied à la table, comme précédemment, se bouche les oreilles avec les paumes de ses mains, la tête au-dessus de sa Bible. Alors, on aperçoit Rose. Elle a sa robe de maison, et une blouse lâche de cotonnade. Elle se tient droite, convulsivement. Une de ses nattes pend sur son dos. L'autre est défaite, et les cheveux sont épars. Sa physionomie montre à la fois de l'entêtement, de l'amertume, et une résignation cruelle. Arrêtée à la porte, elle regarde quelques instants toute la chambre, le vieillard au-dessus de sa Bible, et Auguste qui s'est lentement détourné de la porte et qui fait mine en ce moment de regarder

par la fenêtre. Puis, cherchant un appui, Rose commence à parler avec une énergie forcée.)

ROSE

Bonsoir, tout le monde... Bonsoir.

AUGUSTE, *après une hésitation.*

Bonsoir.

ROSE, *amère et glaciale.*

Si vous ne voulez pas de moi, je m'en retourne.

AUGUSTE, *calme.*

Où est-ce que tu irais?... Où as-tu été?

ROSE

Quand on fait tant de questions, on en apprend quelquefois plus qu'on n'en voudrait savoir... Viens, Marthe,
à côté de moi. (*Marthe va à Rose, qui a pris place non
loin du poêle. Rose lui saisit la main; puis, tout haut.*)
Qu'est-ce qu'il a, le père?

MARTHE, *embarrassée, anxieuse, à mi-voix.*

Je ne sais pas.

ROSE

Qu'est-ce qu'il a? Tu peux parler tout haut... Et toi
aussi, Auguste, toi, qu'est-ce que tu as?... C'est vrai que
tu peux me mépriser. Je l'avoue : tu peux me mépriser.

AUGUSTE

Je ne méprise personne au monde.

ROSE

Moi, au contraire, je méprise tout le monde, le monde
entier.

AUGUSTE

Comme c'est embrouillé, tout ce que tu dis !

ROSE

C'est embrouillé, oui, je l'avoue. Les bêtes féroces, on
les entend crier;... mais après, tout à coup, ça devient

clair... Plus tard, ça devient clair... On voit comme l'enfer vous brûle!... Marthe! (*Bernd a un peu écouté. Il se lève et retire le poignet de Marthe de la main de Rose.*)

BERND, *à Rose, sans la regarder.*

Ne me perds pas encore cette enfant-là... (*A Marthe.*) Retire ta main... Et monte là-haut, dormir. (*Marthe s'en va en pleurant.*) On voudrait être mort, ne plus rien voir, ne plus rien entendre! (*Il s'enfonce de nouveau dans sa Bible.*)

ROSE

Père... je vis... je suis là... C'est quelque chose... Ça veut dire quelque chose que je sois là... Je croyais... que vous le verriez... Mais non, vous vivez dans un monde... enfoncés dans un monde où vous ne pouvez plus rien pour moi... Vous restez enfermés, entre vous, dans vos idées, comme dans un cachot, et tout ce qui se passe en dehors de votre cachot... vous ne le voyez pas. Je m'en suis bien aperçue, au milieu de mes souffrances... C'était... je ne sais pas... comme si tout me repoussait,... et des murs et des murs qui se fermaient devant moi, les uns après les autres... Je me' suis trouvée toute seule, dehors, dans la tempête... Et rien autour de moi,... rien au-dessus de moi...Et je vous ai vus comme de petits enfants devant ça.

AUGUSTE, *avec anxiété.*

Rose, si c'est vrai, ce qu'a dit Streckmann, tu aurais donc fait un faux serment?

ROSE, *avec un rire amer.*

Je ne sais pas. C'est possible. Je ne m'y reconnais plus. Le monde n'est fait que de mensonges.

BERND, *soupirant.*

Seigneur Dieu... mon refuge, à jamais!

AUGUSTE

Toi, tu as pu faire de faux serments?

ROSE

Qu'est-ce que ça fait! Ce n'est rien. Tout ça, ce n'est rien... Il y a autre chose qui compte. Autre chose... là-bas... derrière les saules. Ça, c'est sérieux. Tout le reste ne me regarde pas. Là-bas, j'ai crié vers le ciel. Il ne m'a pas répondu. Pour moi, le bon Dieu ne s'occupe pas de moi.

BERND, *effaré.*

Tu blasphèmes! Dieu! notre seul refuge. Si tu en es là, je ne te connais plus.

ROSE, *se traînant sur ses genoux près de lui.*

Oui, j'en suis là, père, et vous me connaissez encore. Vous m'avez bercée sur vos genoux; et moi, plus tard, j'ai fait pour vous tout ce que j'ai pu. Maintenant, on a eu beau se débattre et se débattre, il y a un malheur sur nous.

BERND, *frappé.*

Qu'est-ce que c'est?

ROSE

Rien! Je ne sais pas! Je ne sais pas. (*Elle reste accroupie, regardant fixement devant elle.*)

AUGUSTE, *dompté par l'émotion.*

Relève-toi, Rose. Je ne t'abandonnerai pas. Relève-toi : je ne peux pas te voir comme ça. Nous avons tous péché. Quand on se repent, on est pardonné. Relève-toi. Père, relevez-la. Nous ne sommes pas — moi, au moins, je ne suis pas de ces cœurs durcis... Vous aussi, vous pouvez avoir des fautes à vous reprocher... Et puis, ce que dira le monde, tant pis! Je ne m'occupe pas du monde.

ROSE

Auguste, ils se sont tous acharnés après moi... Je ne pouvais même plus sortir... Dans la rue, les hommes me poursuivaient... J'avais beau me cacher... Ils me faisaient peur... J'ai toujours eu tant peur des hommes!... Ça n'a rien empêché,... et, de piège en piège, ils m'ont fait perdre la tête.

BERND

Toi, qui avais toujours été une fille sévère, ils t'ont fait perdre la tête?

ROSE

Oh! maintenant, je sais ce qu'ils valent.

AUGUSTE

Qu'il arrive ce qu'il voudra, Rose, je ne te quitte pas. Je vais revendre ma maison, et nous partirons. J'ai un oncle, là-bas, au Brésil. Nous irons. Et, sois tranquille, nous deux..., on se tirera d'affaire. Ce n'est peut-être que maintenant que nous sommes mûrs pour ça.

ROSE

Jésus! Jésus! où en suis-je-arrivée?... Pourquoi me suis-je traînée ici? Pourquoi ne suis-je pas restée près de mon enfant?

AUGUSTE

Près de qui?

ROSE, *se levant.*

Auguste, pour moi, c'est fini. D'abord, ça brûlait, tout le corps, comme du feu. Après, c'était comme un délire. Après, encore, il était venu de l'espérance : on se sauvait, comme une chatte qui veut garder son petit... Les chiens l'ont repris.

BERND, *à Auguste.*

Tu comprends ce qu'elle dit?

AUGUSTE

Non, je ne comprends pas.

BERND

Tu ne sais pas ce qui se passe en moi : c'est comme si un

abîme venait de s'ouvrir pour en montrer de plus profonds. Qui est-ce qui sait ce qu'elle va encore nous dire, ce qu'il va falloir entendre.

ROSE

Une malédiction. Oui, c'est une malédiction que vous entendrez. Je te vois, je te rattraperai, ne serait-ce qu'au jugement dernier ; je te sauterai à la gorge, et tu me rendras raison.

AUGUSTE

De qui veux-tu parler, Rosine ?

ROSE

Il le sait, celui-là. Il le sait. (*Epuisée, elle tombe sur une chaise, presque sans connaissance. Long silence.*)

AUGUSTE, *s'approchant d'elle.*

Qu'est-ce qui t'est arrivé ? Tout d'un coup te voilà...

ROSE

Je ne sais pas. Ah ! si vous m'aviez demandé plus tôt... peut-être... oui... je ne sais pas... Mais maintenant... non... Personne... n'a eu assez d'amour pour moi.

AUGUSTE

Qui sait, de l'amour heureux ou de l'amour malheureux, lequel est le plus fort ?

ROSE

Moi je suis forte, je suis forte ! Non, je l'ai été. Maintenant, je suis faible. Maintenant, c'est fini.

LE GENDARME, *apparaît, et simplement.*

Il paraît qu'elle était là, votre fille. C'est le vieux Kleinert, qui vient de me le dire.

AUGUSTE

Oui, nous ne savions pas qu'elle était rentrée.

LE GENDARME

Alors, j'aimerais autant finir tout de suite. Il y a là quelque chose qu'elle doit signer. (*Sans avoir vu Rose, dans la pièce mal éclairée, il pose quelques papiers sur la table.)*

AUGUSTE

Rose, il faut signer. (*Rose a un rire affreux d'ironie, un rire hystérique.)*

LE GENDARME

C'est vous, mademoiselle Rose. Il n'y a pas là de quoi rire. Je vous en prie.

ROSE

Vous pouvez bien... attendre un peu.

AUGUSTE

Pourquoi?

ROSE, *les yeux brûlants, la voix sarcastique.*
Vous avez étranglé mon enfant.

AUGUSTE

Qu'est-ce qu'elle dit? Bonté du ciel, qu'est-ce que tu dis? (*Le gendarme s'est redressé, a regardé Rose fixement un instant, puis, comme s'il n'avait rien entendu, il revient à ses papiers.)*

LE GENDARME

Il s'agit de l'affaire Streckmann.

ROSE, *comme plus haut, vivement, comme un cri.*
Streckmann? Il a étranglé mon enfant.

BERND

Tais-toi, Rose! Tu deviens folle.

LE GENDARME

Et vous n'avez pas d'enfant?

ROSE

Quoi?... Si je n'avais pas d'enfant, est-ce que j'aurais pu l'étrangler, de mes mains?... De mes mains, j'ai étranglé mon enfant.

LE GENDARME

Il y a un démon dans vous. Qu'est-ce qu'il vous prend ?

ROSE

Je sais ce que je dis. Je ne dors pas. J'ai toute ma tête. Je sais ce que je dis. (*Froidement, cruellement, avec une énergie sauvage.*) Il ne fallait pas qu'il vive ! Je n'ai pas voulu. Il ne fallait pas qu'il souffre mon martyre. Il fallait qu'il reste où il n'y a pas de souffrance.

AUGUSTE

Rose ! Non, tu ne sais pas ce que tu dis. Reviens à toi. Ne te torture pas toi-même, et nous aussi.

ROSE

Vous pouvez aller voir, derrière le grand saule, près de l'étang... Vous le trouverez là, le pauvre petit être.

BERND

Toi !... Une chose si affreuse !

AUGUSTE

Tu aurais fait ça, toi ? (*Les hommes se regardent, anéantis. Rose tombe sans connaissance. Auguste la reçoit dans ses bras.*)

LE GENDARME

Ce qu'il y aurait de mieux, si tout ça n'est pas des imaginations, c'est que vous alliez avec elle chez le juge, et qu'elle fasse elle-même l'aveu... de ce qu'elle dit. On lui en tiendrait compte.

AUGUSTE

Non, monsieur le brigadier, ce n'est pas des imaginations. Pauvre fille... comme elle a dû souffrir !

APPENDICE

—

Comme il a été dit à l'avant-propos, on donne ici, tel qu'il a été représenté à Paris, sur le théâtre de la Porte-Saint-Martin, l'

ACTE V

La salle principale dans la petite maison du vieux Bernd, telle qu'elle a été décrite page 90.

Il est environ sept heures du soir, du même jour qu'au quatrième acte. Les deux portes sur le corridor et sur la cuisine sont ouvertes. Il fait presque nuit.

MARTHE, *revenant des champs.*

Rose ? On a arraché des pommes de terre... Tu es là ? (*Elle va voir à la cuisine.*) Non ! Elle a laissé la porte ouverte. (*Elle vide le contenu de son tablier par terre, derrière l'entrée de la cuisine, puis revient prendre une bougie derrière le poêle et l'allume.*) Et elle n'a pas allumé le feu ! (*Elle s'occupe aussitôt à allumer le feu. Pendant qu'elle est accroupie, Bernd rentre, et dépose à terre un panier et un crochet à arracher les pommes de terre. Il est grave et silencieux.*) C'est vous, père ?

BERND

Rose n'est pas là ?

MARTHE

Pas encore.

BERND

Quoi? Elle n'est pas revenue de chez le juge? Pas possible! Il est bientôt huit heures... Et Auguste n'est pas venu?

MARTHE

Pas encore.

BERND

Ah! bon : elle sera allée le voir. (*Un silence. Marthe se relève.*) Allume la lampe, et apporte-moi ma Bible. Il faut toujours être en état de grâce, c'est le principal. (*Marthe apporte la Bible et la pose sur la table. Bernd lui prend les mains.*) Y penses-tu quelquefois, Marthe, à la vie d'après? et qu'il faudra paraître devant le Juge éternel?

MARTHE

Mais oui, père, j'y pense.

BERND, *avec un peu de reproche.*

Le dimanche!

MARTHE, *naïvement.*

Oui, le dimanche, à l'église; et aussi quand vous m'en parlez (*se rappelant à mesure*) et quand je fais ma prière. Comme ça, c'est bien, n'est-ce pas? On n'a pas besoin d'y penser tout le temps?

BERND

Si, ma petite Marthe...

MARTHE, *étonnée.*

Ah!

BERND, *continuant ce qu'il disait.*

Parce que, vois-tu, on a tous besoin du secours d'En-Haut, et on en a besoin tout le temps. Il ne suffit pas de bien faire. Si Rose en avait été plus convaincue, nous n'aurions peut-être pas autant d'ennuis.

MARTHE

Mais, papa, ce n'est pas sa faute, à Rose, les ennuis. Rose est une honnête fille.

BERND

Eh! je le sais bien que c'est une honnête fille, et que ce n'est pas sa faute, ou du moins que ce n'est pas sa faute... directement. Mais qui sait si le bon Dieu ne la punit pas comme ça d'avoir trop oublié le chemin de l'église! (*Il ouvre sa Bible. Un silence.*)

MARTHE

Il va être l'heure de souper: faut-il éplucher les pommes de terre?

BERND

Oui. (*Marthe va prestement chercher un couteau, un plat et des pommes de terre, et revient s'asseoir à la table, près de laquelle Bernd est resté debout, la main sur la Bible, silencieux*)

MARTHE, *épluchant ses pommes de terre.*

Elle est si bonne, Rose, si dévouée, si courageuse!

BERND, *rêveur.*

Oui...

MARTHE

Elle a eu tant de chagrin pour Auguste! elle l'a si bien soigné! Comme elle me soignait quand j'étais petite. Vous l'appeliez toujours ma petite maman, vous vous rappelez?

BERND

Oui, je me rappelle?

MARTHE

Et vous aussi, père, elle vous a toujours bien soigné :

quand vous avez été malade ; et encore maintenant ! Ce n'est pas elle qui vous laisserait manquer de rien ! (*Mouvement de Bernd.*) Ça vous ennuie que je parle?

BERND, *vivement.*

Non, non, ma petite Marthe. Au contraire! N'aie pas peur de parler. Une petite fille qui ne craint pas de bavarder devant son père, c'est bon signe. (*Il a dit ces paroles avec émotion. Il embrasse Marthe. Un silence. Puis, il s'éloigne.*) Ce que je lui reproche à ta sœur, c'est le contraire.

MARTHE

Vous lui reprochez qu'elle ne parle plus?

BERND, *sans la regarder.*

Oui, de vivre renfermée en elle, sans se confier à personne. C'est de l'orgueil.

MARTHE

Mais non, père, c'est... Je ne sais pas, moi... C'est... (*Croyant tout à coup avoir trouvé une excuse pour Rose.*) C'est sans doute de se marier qui lui fait peur : elle est si sérieuse!

BERND, *toujours sans la regarder.*

Est-ce l'idée de se marier, ou est-ce autre chose? Tout ce qu'il y a de sûr, c'est que... depuis l'affaire Streckmann, surtout, il n'y a plus moyen de lui arracher un mot. Elle répond par oui, par non ; c'est tout. (*Marthe l'a écouté et regardé avec une certaine anxiété. La porte s'ouvre et le gendarme apparaît.*) Qui est-ce qui vient là?

LE GENDARME

J'ai une commission à faire à votre fille.

BERND

Ma fille aînée?

LE GENDARME, *lisant.*

Rose Bernd.

BERND

Elle n'est pas encore rentrée. Si ce n'est qu'un papier de justice à lui remettre.

LE GENDARME

Non. J'ai aussi quelque chose à lui demander. Je repasserai à neuf heures. (*Auguste entre vivement.*)

BERND

Ah! Voilà Auguste.

AUGUSTE

Rose n'est pas là?

BERND

Non. Monsieur le brigadier aussi venait la demander. Je croyais qu'avec Rose vous étiez ensemble?

LE GENDARME

Il y a un point où le juge m'a dit de lui refaire une question, à elle. Et puis ce papier, que j'avais à lui faire signer.

AUGUSTE

Toujours et toujours l'histoire Streckmann. Il ne suffit pas d'y avoir perdu un œil, il faut encore subir tout ça. Ça ne finira donc pas?

LE GENDARME

Bonsoir. A tout à l'heure. (*Il sort.*)

AUGUSTE

Marthe, va donc un peu dans la cuisine. (*A Bernd.*) Il faut que je vous parle. (*A Marthe.*) Va, Marthe, et ferme la porte. Ah! tu n'as rien remarqué pour Rose?

MARTHE

Non. Rien. (*Elle lui fait du doigt un signe à la dérobée, et à mi-voix.*) Je veux te dire quelque chose, Auguste.

AUGUSTE

Ferme la porte. Je n'ai pas le temps. (*Il ferme lui-*

même la porte de la cuisine sur Marthe, puis revient à Bernd.) Père,... il faut retirer votre plainte.

BERND

Tout ce que tu veux, Auguste. Mais ça, c'est impossible.

AUGUSTE

Ce n'est pas chrétien. Il faut retirer votre plainte.

BERND

Je ne le crois pas, que ça ne soit pas chrétien. Car enfin, pourquoi? C'est une infamie d'attaquer ainsi une jeune fille dans son honneur. C'est un crime, et qui mérite d'être puni.

AUGUSTE

Ah! mon Dieu, comment faire!... Vous avez pris la chose avec trop d'emportement.

BERND

Mon honneur l'exigeait. Ma femme me le commanderait, de sa tombe. L'honneur de ma maison, de ma fille! Et enfin le tien, ton honneur à toi. J'irai jusqu'au bout. Ne me parle plus de ça. *(Auguste, découragé, s'essuie la sueur du front.)*

AUGUSTE, *après un silence.*

Si seulement on savait où elle est.

BERND

Est-elle seulement revenue de la ville?

AUGUSTE

Un interrogatoire comme ça ne dure pas une journée. Elle devait être rentrée à cinq heures.

BERND

Je croyais que tu aurais été au devant d'elle?

AUGUSTE

J'y ai été, un bout de chemin. Nous n'aurons pas pris

le même : on ne l'a pas vue passer... Et c'est... Streckmann, que j'ai rencontré.

BERND

Tu as donc rencontré le diable.

AUGUSTE

Voyons, père, qu'est-ce que ça peut vous faire qu'il soit
condamné? Et puis, enfin, vous, un chrétien, vous devez
penser qu'il a femme et enfants; et s'il témoigne du
repentir...

BERND

Une crapule comme lui! Du repentir?...

AUGUSTE

Il le dit.

BERND

Tu lui as parlé?

AUGUSTE

Je ne voulais pas l'écouter; mais j'avais beau marcher,
il ne me quittait pas. Il n'y avait personne sur la route.
Et à la fin — il n'y a pas à dire — il a fini par me faire
pitié.

BERND

Tu lui as répondu?

AUGUSTE, *faiblement.*

Oui.

BERND

A quoi? Qu'est-ce qu'il te disait?

AUGUSTE

Que vous devez retirer votre plainte.

BERND

Je n'aurais plus l'âme en repos, jamais. Ah! s'il ne
s'agissait que de moi, ça serait autre chose. J'en supporterais bien d'autres, et ne ferais qu'en rire. Mais il s'agit

de ma fille. Et ça, c'est grave. Ils sont tous déchaînés après nous, parce qu'on vit autrement qu'eux; ils ont voulu la guerre; ils seraient contents de nous écraser! Eh bien! oui, ma fille, je l'ai élevée comme ça, dans la crainte de Dieu et l'amour du travail; pour qu'un bon chrétien puisse l'épouser, et fonder avec elle une famille chrétienne. Voilà! Voilà comme je la donne. Et je laisserais un soupçon sur son honneur? Mais alors, mon garçon, j'aimerais mieux mourir de faim que d'accepter de toi la plus petite chose.

AUGUSTE

Père Bernd, le bon Dieu sait ce qu'il veut. Les épreuves qu'il nous envoie, il sait pourquoi... Je n'aurais jamais voulu vous le dire; et s'il y avait eu moyen de vous épargner ça... je vous l'aurais épargné. Mais il n'y a plus moyen. Il faut vous l'avouer : notre pauvre petite Rose, elle aussi, elle a été faible.

BERND

Qu'est-ce que tu veux dire?

AUGUSTE

Comprenez-moi sans m'en demander plus que ça.

(Bernd, qui venait de s'asseoir à la table, le visage vers le mur, se retourne aux derniers mots d'Auguste, et le regarde quelques secondes avec de grands yeux étranges. Puis, il se retourne vers la table, et d'une main tremblante ouvre sa Bible, dont il tourne les feuillets, tantôt à droite, tantôt à gauche, avec une surexcitation croissante. Puis, s'arrêtant, il regarde de nouveau Auguste. Ensuite il joint les mains sur sa Bible et y laisse tomber sa tête, pendant que tout son corps tressaille de mouvements convulsifs. Enfin, il se redresse.)

BERND

Non, je t'ai mal compris... Ou alors... je ne sais pas... tout tourne autour de moi... J'aurais donc été aveugle et sourd? Et je ne suis pas aveugle, ni sourd. Vois-tu, Auguste, tu t'en es laissé conter par Streckmann. Oui, je ne pensais

pas à ça, tout est bon pour ces gens-là. Il t'a tendu un
piège. Il veut... Parbleu, c'est bien simple, il veut s'en
tirer, n'importe comment. Alors, il a trouvé ce moyen-là :
t'exciter toi-même contre Rose. Seulement, non, Auguste,
non, tu ne vas pas prendre le parti de ce misérable. On
voit trop l'infamie de son moyen. Et moi, je te dis, si tu
veux m'écouter, si tu veux que je t'en mette ma main au
feu, que Rose est innocente.

AUGUSTE

M. Flamm aussi a prêté serment.

BERND

Et quand même ils seraient dix, ou encore davantage,
à avoir prêté serment, ils ont fait de faux serments. Ils
se sont mis dans la main de la justice. Et ils se sont damnés.

AUGUSTE

Père Bernd...

BERND

Non, attends. Attends encore avant de parler. Tiens,
voilà mes livres, mes livres de comptes de la paroisse, de
l'œuvre de charité. Je prends mon chapeau ; et si c'est vrai,
ce que tu dis, s'il y a seulement une ombre de vérité là-
dedans, je vais trouver le pasteur, et je lui dis : « Monsieur
le Pasteur, reprenez tout ça ; je n'ai plus le droit d'être
rien dans la paroisse ; adieu, je quitte le pays ; personne
ne me verra plus... » Voilà ce que je lui dis, au pasteur.
Maintenant, toi, achève ce que tu veux me conter. Seulement, fais vite : ne t'amuse pas à me faire souffrir.

AUGUSTE

J'ai eu la même pensée que vous. Je veux revendre la
maison et le champ que je viens d'acheter. Oui, il faut voir
autre part.

BERND, *avec un étonnement indicible.*

Revendre la maison et le champ? Mais alors... alors...
Sur ton salut, réponds.

AUGUSTE

N'importe ce qu'il y ait eu, père Bernd, — Rose, je ne
l'abandonnerai pas.

BERND

Je ne te demande pas ce que tu feras. Je n'ai pas besoin
de savoir si tu aurais le cœur de garder dans ta maison
une fille perdue. Moi, non. Je ne suis pas comme ça...
Parle. De quoi que vous l'accusez?

AUGUSTE

Ce qui paraît sûr, c'est qu'elle a fait une faute. Est-ce
avec Flamm, ou avec Streckmann!... Je ne sais pas.

BERND

Oh!... C'est bon. Je m'en irai. Je me cacherai. Comme
un pestiféré. (*Un long silence.*)

AUGUSTE, *inquiet.*

Huit heures et demie... Il faudrait voir, tout de même.
(*Il va rouvrir à la cuisine.*) Marthe? (*Marthe rentre.*)

BERND

Viens ici, Marthe. (*Marthe s'approche assez crainti-
rement.*) Que je te regarde! Ma consolation! Toi, au
moins, tu me resteras. Il y en aura une... qui me fera
honneur.

MARTHE. *avec quelque anxiété.*

Père!

BERND

Au moins, elle ne t'a jamais donné de mauvais conseils?

AUGUSTE, *avec un accent de reproche.*

Père Bernd!

BERND, *à Marthe.*

Elle ne t'a rien dit?

MARTHE

Rose?

BERND

Oui.

MARTHE

J'ai peur.

BERND

Pourquoi?

MARTHE

Je voulais le dire à Auguste...

AUGUSTE

Quoi donc?

BERND

C'est à moi qu'il faut le dire.

MARTHE

Je n'ai pas compris : ce matin — elle avait l'air si fatiguée, si malade — je lui ai demandé ce qu'elle avait, ce qui lui était arrivé...

BERND, *effrayé*.

Et alors?

MARTHE

Elle m'a répondu : « Que le bon Dieu te protège contre ce qui m'est arrivé! Qu'il te fasse plutôt mourir!... » (*Auguste se détourne pour pleurer.*)Seulement... elle ne m'a pas expliqué.

BERND, *s'éloignant*.

Oui, mourir, ne jamais se réveiller, ne plus rien voir! Ne plus rien entendre! (*Il se rassied à la table, se bouche les oreilles avec les paumes de ses mains, la tête au-dessus de sa Bible.*)

MARTHE

Qu'est-ce qu'il y a, Auguste?

AUGUSTE, *allant prendre son chapeau pour sortir.*

Ne t'inquiète pas.

MARTHE

Elle disait aussi : « On est trop seule au monde, trop abandonnée. »

AUGUSTE

Non, non. Je prendrai soin d'elle.

MARTHE

Elle est si bonne !

VOIX DE KLEINERT, *à travers la fenêtre.*

Bernd !

AUGUSTE

Qu'est-ce que c'est?

VOIX DE KLEINERT, *plus loin.*

Ouvrez la porte.

MARTHE, *allant ouvrir.*

C'est la voix du parrain Kleinert.

AUGUSTE, *frappant sur l'épaule de Bernd.*

Père Bernd. (*Bernd se lève. En ce moment, Marthe ouvre la porte et regarde.*)

MARTHE

Ah ! mon Dieu ! Rose ! (*Elle disparaît un instant.*)

AUGUSTE, *courant à la porte.*

Quoi donc? (*Il sort.*) Je vais vous aider.

KLEINERT, *invisible.*

Non. Laisse-moi. Je la porterai mieux tout seul. (*Il apparaît, et entre, portant Rose évanouie, blanche comme une morte. Auguste et Marthe rentrent en même temps.*) J'ai rencontré la Grande, je l'ai envoyée chercher le médecin.

BERND, *frappé.*

Rose !

AUGUSTE, *courant tirer le sofa.*

Ici.

MARTHE

Elle est morte ?

KLEINERT

Ah ! elle me fait peur !

AUGUSTE, *avec désespoir.*

Non ! (*Kleinert pose Rose sur le sofa, puis s'essuie le front.*)

BERND

Elle n'est pas blessée ?

AUGUSTE, *agenouillé.*

Elle n'est qu'évanouie.

MARTHE

Rosine ! (*Elle se met de l'autre côté de Rose, et s'occupe avec Auguste à la soigner.*)

AUGUSTE, *à Bernd.*

Vous avez du vinaigre ?

BERND, *allant en chercher.*

Voilà.

KLEINERT, *ayant avisé une couverture grise, et l'apportant.*

Oui, on met toujours du vinaigre. (*Auguste a pris son mouchoir, il reçoit la bouteille de vinaigre, et il s'empresse à soigner Rose. Kleinert et Bernd sont un instant penchés au-dessus d'elle.*) Écoute son cœur. (*Auguste écoute. Un court silence.*)

BERND

Elle respire ?

AUGUSTE

Oui... Relevez-vous : qu'elle ait de l'air. (*Kleinert et Bernd se relèvent. Auguste continue à la soigner.*) Pauvre petite Rose !

BERND, *à Kleinert.*

Où que c'est que tu l'as trouvée? (*Rose fait entendre un faible gémissement. Ils écoutent.*)

AUGUSTE

Rose?... Tu m'entends? (*Gémissement de Rose. Ils recommencent tous à écouter.*) Non. Il faut continuer. (*Il lui met encore du vinaigre.*)

BERND, *à Kleinert, sans quitter Rose des yeux.*

Alors?

KLEINERT

Voilà. Je revenais de mon travail. Il faisait nuit. J'ai d'abord entendu un grand cri, un cri de femme... (*Rose fait entendre un gémissement un peu plus fort. Mouvement de tous.*)

AUGUSTE

Parlez plus bas. Elle ne peut pas encore répondre, mais peut-être qu'elle entend.

KLEINERT, *plus bas.*

J'ai perdu un quart d'heure à chercher du côté du bois. Je n'ai rien trouvé. Je commençais à croire... que les oreilles m'avaient tinté...

ROSE, *divaguant, les yeux clos.*

Les démons... les hommes...

BERND

Elle parle.

AUGUSTE, *lui faisant signe de ne pas approcher.*

Laissez. (*Il se penche sur Rose, et doucement.*) Rose?... (*Rose ne répond pas. Un silence.*)

KLEINERT, *à Bernd, encore plus bas.*

C'est en revenant, tout près de chez moi, à deux pas de
l'étang, que je l'ai trouvée... J'ai failli marcher sur elle.
Elle était là, sans connaissance. Chez un vieil ermite
comme moi, il n'y a rien pour soigner les gens. Alors,
voilà, je l'ai apportée. (*Un silence. Il s'approche.*) Ça ne
va pas mieux, ma petite Rose?

BERND, *à soi-même.*

Qu'est-ce qu'elle faisait au bord de l'étang!

ROSE

L'étang!

AUGUSTE

Elle a entendu.

ROSE

Ils ne sauront pas!... Oui... l'étang...

AUGUSTE

Qu'est-ce que tu dis?

BERND

On ne comprend pas.

AUGUSTE

Elle a peut-être le délire...

MARTHE

Rose! (*Rose gémit sans répondre.*)

KLEINERT

Il vaut peut-être mieux ne pas lui parler. Qu'elle se
repose.

BERND

Peut-être.

KLEINERT, *à mi-voix.*

Seulement, mon camarade, elle est bien malade, ta fille,
et depuis longtemps. Tu devrais t'en occuper. Moi...

(encore plus bas) je parierais qu'elle a voulu se jeter à l'eau.

BERND, *sursautant.*

Je ne l'ai pas vu qu'elle soit malade.

KLEINERT

Oui, vous vivez entre vous, dans vos idées. Ça vous empêche de voir.

BERND, *presque à soi-même.*

Mais on ne tombe pas comme ça, dans cet état-là, on ne meurt pas, sans motif. Qu'est-ce qu'il y a?

ROSE, *s'agitant.*

Les yeux me brûlent...

KLEINERT

Elle parle encore.

AUGUSTE

Ecoutez.

ROSE

Ça ne fait rien. Je me traînerai... Comme un ver!... Je suis si lasse!... Et je n'irai pas — chez le juge.

KLEINERT

Elle rêve : elle y a été.

AUGUSTE

Te voici chez toi, Rose, n'aie pas peur.

ROSE, *toujours divaguant.*

Je l'avais toujours dit... que je me tuerais.

BERND, *épouvanté.*

Se tuer, c'est un crime.

AUGUSTE, *allant vivement à lui, suppliant.*

Père, elle est peut-être en train de mourir, et elle n'a pas conscience de ce qu'elle dit ; ne lui faites pas de reproches.

KLEINERT

Il me semble... qu'elle vient d'ouvrir les yeux.

AUGUSTE, *revient vivement à elle.*

Rose.

KLEINERT

Elle serait peut-être plus à son aise, un peu relevée.

AUGUSTE, *à Rose.*

Tu veux qu'on te relève?

ROSE

Oui.

AUGUSTE, *avec joie.*

Elle comprend. (*A Kleinert.*) Aidez-moi. Doucement.
(*Ils la relèvent et disposent un coussin derrière elle.*)

ROSE

Contre l'arbre! Adossée contre l'arbre.

AUGUSTE, *navré.*

Qu'est-ce qu'elle dit?

KLEINERT

Elle comprend tout de même. Seulement, elle se croit
encore dehors, sous les saules. (*Rose, à demi assise,
avance un peu le buste, et ouvre les yeux.*)

AUGUSTE

Maintenant, elle regarde; elle revient à elle, tout à fait.
(*En ce moment rentre le gendarme.*)

LE GENDARME

Monsieur Bernd.

ROSE, *pousse un cri en le voyant.*

Ah! (*Elle retombe, prise d'une nouvelle syncope.
On s'empresse.*)

AUGUSTE

Rose! Il ne faut pas mourir. Je ne t'abandonnerai pas,
je te le jure. Je ne peux pas te voir comme ça. Rose!

ROSE, *revenant à elle, et consciente cette fois,*
mais hagarde.

L'enfant!... Mon enfant!... Où est mon enfant?

BERND, *effaré.*

Qu'est-ce qu'elle dit?

AUGUSTE

Mon Dieu!

LE GENDARME

Elle n'a pas d'enfant.

BERND

Elle ne sait pas ce qu'elle dit. (*Rose veut se lever et*
marcher. Auguste la soutient.)

ROSE

Si... j'ai un enfant... Laissez-moi... Je comprends...
Vous m'avez trouvée... Je voulais disparaître... Vous ne
savez pas : là-bas... là-bas... Aide-moi... Pourquoi m'a-
t-on menée ici?... C'était... c'était l'enfant... qu'il fallait
recueillir... Aide-moi... Je veux y aller... Aide-moi...
L'enfant!... (*Elle est allée jusqu'à la porte, et elle*
tombe.) Ah! Je ne peux pas... Je ne peux pas. (*Auguste*
l'a soutenue.)

BERND

C'est le délire qui continue?

ROSE

Non. Je sais ce que je dis. Je vous reconnais... Je vous
reconnais tous : le père, Auguste, parrain Kleinert, le brigadier... Vous voyez : je sais... il faut me croire... il faut
le trouver, le pauvre petit être... (*mouvement de terreur*
de tous) tout près de l'étang... sous le grand saule.. Ah!
(*Elle défaille. Auguste et Marthe la soutiennent, et la*
ramènent doucement en scène.)

BERND

Jésus!

KLEINERT

C'est-il Dieu possible ce qu'elle dit!

LE GENDARME

Eh! il faut toujours voir. Venez. (*Sortie rapide de Kleinert et du gendarme.*)

AUGUSTE, *qui vient d'installer Rose dans le fauteuil.*
Rose!

MARTHE

Petite sœur!

BERND

Elle qui avait toujours été une fille sévère!

AUGUSTE, *avec autorité.*

Laissez, père Bernd. Laissez... Elle se ranime un peu.

BERND

Qu'elle parle! (*Nouveau mouvement d'Auguste pour l'arrêter.*)

ROSE, *divaguant.*

Ah!... je vais mourir... C'est la fin. (*Auguste et Marthe s'empressent.*) Laissez-moi... Laissez-moi... Je n'ai plus qu'un pas à faire... L'étang... L'étang est là... L'eau m'appelle... J'ai encore la force... Et on ne saura jamais... jamais...

MARTHE, *pleurant.*

Rosine! ma petite Rosine!

ROSE

Ah! c'est toi, Marthe!... Oui, je te reconnais... (*Avec terreur.*) Marthe, il ne faut pas que toi... Prends bien garde... Que le bon Dieu te protège... contre eux... contre les hommes.

BERND

Quel est le bandit,.. je voudrais le savoir.

MARTHE, *le calmant.*

Père.

AUGUSTE, *de même, en même temps.*

Père Bernd !

ROSE, *qui n'a rien entendu.*

Voilà... où ils m'ont menée... Tu entends, Marthe ? Les
hommes,.. voilà... où ils nous mènent... Voilà ce qu'ils
font des malheureuses... qui les écoutent... Je ne voulais
pas... Ils me faisaient peur... Je ne pouvais plus sortir :
dans la rue... ils me poursuivaient.., Je me sauvais... Ça
n'a rien empêché... Moi aussi, je suis tombée... Et j'ai
eu beau me débattre... et me débattre... Il y avait un
malheur sur nous... Oh ! là-bas ! là-bas !

BERND, *désespérément.*

Ma fille, à moi, ma fille !

ROSE

Ça leur est égal, aux hommes... Ils s'en vont, en chantant... Peut-être qu'il chantait, pendant que moi... toute
seule... je criais... je pleurais... ce qu'ils nous laissent :
la honte !... la honte !... Si vous saviez... tout ce que j'ai
pleuré... toute seule... toute seule...

BERND, *sanglotant.*

Mon enfant ! ma petite Rose ! Ce n'est pas possible !

AUGUSTE, *se penchant sur Rose.*

Elle ne bouge plus. (*Bernd s'approche vivement.*)

MARTHE

J'ai peur.

ROSE, *lointaine.*

Oh ! la vie... Oui... Oui... On a encore... toute une vie
devant soi... pour travailler... pour être honnête... et
réparer... Voilà... ce que je veux faire... L'enfant... ce
n'est pas sa faute... Ah ! je veux le voir... l'embrasser...

Oui... je vivrai pour lui... pour lui... Et puis... à une mère on pardonne... On pardonne! Et peut-être,... plus tard... je... je... Ah!... Ah! (*Elle meurt.*)

BERND, *sanglotant et se penchant sur elle.*

Rose, ne meurs pas. Rose!

AUGUSTE

C'est fini.

MARTHE, *sanglotant.*

Petite sœur !

AUGUSTE

Pauvre fille

www.ingramcontent.com/pod-product-compliance
Ingram Content Group UK Ltd.
Pitfield, Milton Keynes, MK11 3LW, UK
UKHW020647120726
13658UKWH00006B/679